바람 구름

청호 스님 에세이

청어 도서출판

# 바람그물

청호 스님 지음

발행처 · 도서출판 청어
발행인 · 이영철
영　업 · 이동호
홍　보 · 최윤영
기　획 · 천성래 | 김홍순
편　집 · 방세화 | 이서윤
디자인 · 김바라 | 서경아
제작부장 · 공병한
인　쇄 · 두리터

등　록 · 1999년 5월 3일(제22-1541호)

1판 1쇄 인쇄 · 2014년 1월　2일
1판 1쇄 발행 · 2014년 1월 10일

주소 · 서울 서초구 효령로55길 45-8, 봉양빌딩 2층(서초동)
대표전화 · 586-0477
팩시밀리 · 586-0478

홈페이지 · www.chungeobook.com
E-mail · ppi20@hanmail.net
ISBN · 978-89-97706-99-0 (03810)

바람그무

# 작가의 말

　요즈음 사람들은 스트레스, 트라우마, 힐링이라는 말을 자주
합니다.
　누구나 스스로와 부대끼고, 나를 둘러싼 주위의 사람이나 사
물을 포함한 환경과 부대낍니다. 그 부대낌에서 스트레스가
만들어지고 트라우마가 남게 됩니다.
　세네카는 네로황제의 스승이었다고도 하는데 '삶을 배우려
면 일생이 걸린다'고 했다 합니다. 매우 공감했습니다.
　누구나 살아있는 동안 끊임없는 경계를 만나고, 그때마다 이
세 단계를 거치다 보면 삶을 배우는데 일생이 걸린다고 할 수
밖에 없습니다. 그러므로 사회의 구성원이 되어 살아야 하는
일은 어렵습니다.
　불교에서 말하는 '깨어 있음'이나, 관조, 어려서부터 들어
온 반성은 결국 자신의 마음을 스스로 읽어보라는 가르침입니
다. 스트레스와 트라우마가 힐링으로 바뀔 수 있는 것 역시 스

스로의 마음을 보는 데서부터 시작됩니다. 제가 쓰는 글은 스스로 내 마음을 들여다보려 애썼던 이야기입니다.

　몇 년 전, 연못을 만드느라 마당을 파고 있었습니다. 땅속에서 어른의 허리까지 오는 반으로 자른 타원형의 돌이 나왔습니다. 그 순간, 그리스 델포이 신전에 있었다는 돌 옴파로스가 떠올랐습니다. 옴파로스는 세계의 중심 혹은 세계의 배꼽이라는 뜻입니다. 내게 세계의 중심은 내가 앉아 있는 바로 이 자리입니다. 우리 모두에게도 그렇습니다.
　이 책을 읽게 될 모든 세계의 중심이시여. 제 글이 또 하나의 아름다운 물결이 되어 다가가기를 기원합니다. 그리고 삼라만상에 감사합니다.

청호 합장

# 차례

바람그물

풍경
소리

12  풍경 소리

16  바람그물

22  꽃을 보고 배운다

27  앵두나무

31  마른 꽃

35  물소리

40  꽃무릇과 안나 카레니나

47  사람도 식물성

51  다람쥐 꽃밭

56  벼 향기

60  벼는 익을수록 고개를 숙인다?

64  쑥부쟁이

68  어느 참새의 주검 앞에서

71  식물도 비상을 꿈꾸는데

75  까치의 죽음

79  눈

83  달 목걸이

삶의
푸른잎

88   문장대의 호박돌

92   섬초롱꽃

95   라일락의 맛

101   진공청소기

103   단소 소리

108   안경을 찾으며

112   분꽃나무

116   울타리가 없는 사람들의 모임

119   락스를 먹다

121   워낭소리

126   검정 고무신

129   안개바위

132   타임캡슐

135   고마운 법칙

138   삶의 푸른 잎

142   별

바람그물

인어공주의
길

146    인어공주의 길

152    참을 인(忍)과 압력솥

156    낮달

158    계율만큼 무서운 말

161    초라한 꿈

163    분리수거

165    딱함에 관하여

168    찻상을 보며

172    땅콩조림

176    수영장이 있는 집

180    내 친구의 집은 어디인가

183    바위

186    속마음

188    하얀 금

191    콩나물 키우듯

194    갱죽

선물

200  나뭇가지를 치며

204  벤자민 버튼의 시간은 거꾸로 간다

208  영원

213  슬픔

218  나이라는 숫자

222  삶은 계란

225  아이가 일러 준 깨우침

228  음악 한 곡 듣는 사이

233  어떤 사람

236  내가 나를 만든다

239  촛불을 보며

243  대숲 소리

246  소꿉놀이

249  선물

253  얼음꽃

257  만 오천 불

260  작은 봉우리

풍경
소리

# 풍경 소리

　등산길 산 중턱 작은 암자에 들어설 때 추녀 끝에 매달린 풍경이 맑고 가벼운 음색으로 '댕그랑' 울리는 순간, 숲길을 따라 나무의 향기와 새소리, 계곡에 흐르는 물을 따라가던 감각에는 오직 풍경 소리만 남는다. 눈앞에 기와지붕, 돌계단, 축담 아래 고사리 잎, 그것을 보고 듣는 자신마저 멈춰진 영사기의 한 컷이 된 것 같은 적막을 느낀다. 소리는 고요함을 깨는 것이 상례지만 풍경 소리는 이렇게 사위를 고즈넉하게 만든다.

　사찰에서는 풍경 외에도 늘 울리는 소리가 있다.
　범종은 조석예불을 할 때마다 친다. 물에 조약돌을 던질 때 퍼져 나가는 동심원처럼, 범종 소리 속의 맥놀이는 땅속 가장 깊은 곳에 닿을 듯 무겁다. 그래서 지옥 중생을 제도한다 하는 가ㅡ. 세계적으로도 '한국 종'이라 구분하여 명명할 만큼 소리가 아름답기로 유명하다.

죽비는 선원에서 참선의 시작과 끝을 알릴 때 친다. 대나무를 두 쪽으로 갈라서 만드는 죽비의 소리는 살얼음 같은 찬 기운으로 정신을 팽팽하게 당기는 거스를 수 없는 힘이 있다. 그러나 이 두 소리는 불교 신자가 아니면 듣기 어렵다. 반면 바람이 울리는 풍경 소리는 절 옆을 지나가기만 해도 들을 수 있어 일반인도 수시로 들을 수 있는 대표적인 소리이다.

옛사람들은 풍경 소리가 자비심을 일으키는 소리라고 생각했다. 풍경은 선사시대 유적에서도 볼 수 있다. 추녀 끝이나 탑에 지금처럼 한 개씩 단 것이 아니라 여러 개씩 달기도 했다. 특히 불교가 발달한 우리나라와 동남아 지역의 풍경은 금속뿐 아니라 도자기 등 종류도 다양하고 아름답다. 다른 크기로 만들어진 여러 개의 풍경이 바람에 저마다의 음색으로 울리면 자연과 어우러지는 허공의 음악이 되었을 것이다.

나를 찾아와 찻상에 마주 앉아 걱정거리를 이야기하던 사람도 풍경 소리가 들리면 '언제 들어도 마음을 편안하게 하며 들을 때마다 좋다'고 한다. 마음을 괴롭게 하는 생각도 맑은 소리를 따라 잠시나마 벗어날 수 있으니 자비로운 소리가 아닌가.

파란 하늘을 배경으로 지붕 끝에 매달린 물고기를 보노라면

광막한 하늘을 향해 비상을 꿈꾸는 것 같다. 부처가 되기 바라는 나를 보는 기분이다. 풍경 소리를 가끔 듣는 사람들은 좋다고 하지만, 한여름 태풍이 지나는 계절이나 겨울 칼바람이 부는 날은 쉴 새 없는 단순한 음으로 시끄러울 정도이다. 삭여야 할 감정을 다스리지 못하여 스스로 일으키는 망상에 시달리는 것이 저와 같으리라는 생각을 한다.

　나는 풍경에 물고기를 매달아 소리가 나도록 한 뜻을 생각해 보곤 했다.

　우리 선조들은 뒤주나 반닫이의 자물쇠는 눈을 뜨고 자는 물고기 문양으로 만들어 속에 든 물건이 지켜지기를 바라는 마음을 담았다. 선비의 방에 걸어 놓은 물고기 그림은 늘 눈을 뜨고 있는 물고기처럼 공부에 전념하겠다는 결심이다. 바람이 지나갈 때마다 물고기가 흔들려 소리가 나듯, 일상의 일어나는 생각을 보려 언제나 깨어 있으라는 무언의 가르침이 아닌가 싶다.

　깨어 있음이란, 어떤 상황에서나 일어나는 마음속의 생각과 행동을 매 순간 스스로 알아차림을 뜻한다. 행동이 끝난 후에 하는 반성은 항상 아픈 후회를 만들기에 그 순간을 볼 줄 알아야 한다. 스스로를 볼 줄 아는 마음의 성숙이야말로 자신을 정화할 수 있는 힘이 된다. 그러한 마음을 상기시키는 것은 바로 자비심이다.

　마음이 움직이는 순간을 보라는 풍경 소리의 깨우침을 늘 듣

고 살면서 그 순간을 번번이 놓친다. 풍경은 방금 불어오는 실
바람에도 깨어 있으라는 경(經)을 설한다.

# 바람그물

비행기가 제주 상공에 도착하면 작은 창으로 나지막하게 이어진 현무암 돌담이 보인다. 제주도의 이색적인 풍경 속에서도 한라산의 화산석으로 쌓은 담장은 어디를 가거나 같은 모양이며 가장 제주도답다. 시내버스를 타면 이 동네 저 동네를 지나는 길에서 돌담을 보는 즐거움을 누릴 수 있다.

제주의 돌담은 울퉁불퉁한 돌을 다듬지 않고 그대로 사용하면서 흙이나 시멘트로 구멍을 막지 않아 숭숭 구멍이 뚫려있다. 바람의 섬이라는 해풍에도 쓰러지지 않는 것은 오히려 그 구멍 때문이라는 것이다. 해풍은 그 구멍을 통해 빠져 나가는 사이에 오히려 힘이 약해지기에 바람을 잡는 '바람그물' 이라고도 한다.

제주사람들이 우리 근대사의 엄청난 환란이었던 4·3사건 역시 슬기롭게 견딘 것은 바람을 밀어내기보다 오히려 받아들이는 것으로 다스리던 지혜의 힘이 아닌가 한다.

　제주에는 일제강점기가 끝나자 이념에서 비롯된 싸움이 광풍이 되어 섬 전체를 휩쓸었다. 4·3사건은 남한만의 단독정부 수립에 반대한 남로당 제주도당의 무장봉기와 미국 군정의 강압이 계기가 되었다. 소설가 현기영의 『지상의 숟가락 하나』와 현길언의 『그때 나는 열한 살이었다』를 읽으면 제주 사람으로서 겪었던 그 시절을 생생하게 알 수 있다.

　제주 여행길에서 그곳에 살고 있는 후배가 자신의 집안이 겪은 이야기를 해 주었다. 그의 고향에는 60여 가구가 살았다고 한다. 4·3사건이 끝난 후 27가구가 같은 날 제사를 지낸다고 했다. 평생을 마주하며 살았던 이웃이 해방을 맞으며 서로 다른 생각으로 적이 되어 죽이고 죽는 일을 겪다보니 제삿날이 같아졌다는 것이다. 그럼에도 그 일을 겪은 할머니세대들은 남편이나 자식을 죽인 사람의 이름을 결코 입에 올리지 않았다고 한다. 그것을 모두 밝히려 하면 섬 전체가 새로운 원수가 되어 새로운 4·3이 만들어질 것을 알았던 것이다. 서로 결코 잊지 못할 분노와 한을 다시 들추지 않을 때에야 그 사건이 끝날 수 있기 때문이라고 했다.

　후배는 우리가 잘 모르는 고향의 풍습과 제주에 도둑이 없는

억울함을 당하여 밝히려고 애쓰지 말라.
억울함을 밝히면 원망하는 마음을 도웁게 되나니
성인께서 말씀하시되 억울함을 당하는 것으로
수행하는 문으로 삼으라 하셨느니라.

까닭도 말해 주었다. 섬이란 육지와는 달리 돌고 돌아도 다시 만날 수밖에 없는 고립된 곳이다. 멀리 떠날 수도 없는 그 땅에선 한 번 도둑이 되면 발을 붙일 수 없다. 그러기에 부엌에는 밥을 할 때마다 쌀을 한 줌씩 모으는 항아리가 있어, 흉년이나 어떤 사정으로 거지가 생기면 동네사람들이 그 쌀을 모아 구해 주었다는 것이다. 제주사람들의 그와 같은 지혜가 물이 고이지 않아 논을 만들 수 없는 척박한 땅에서 제주도를 도둑과 거지와 대문이 없는 3무(三無)의 섬으로 만들었다.

나는 3무(三無)를 만들어내고 4·3사건을 견뎌낸 슬기를 돌틈에 들어오는 바람을 다스리는 돌담에서 본다.


제주의 아름다움을 말할 때 흔히 맑은 바다나 한라산의 오름, 훼손되지 않은 자연 생태계를 말한다. 그러나 내가 더욱 보고 싶은 것은 사람이 만든 돌담, '바람그물'이다. '바람그물'을 보며 내 개인의 역사 속에도 덮고 받아들이며 삭여야 할 일을 생각한다.

『보왕삼매론』의 한 구절 '억울함을 당하여 밝히려고 애쓰지 말라. 억울함을 밝히면 원망하는 마음을 도웁게 되나니 성인께서 말씀하시되 억울함을 당하는 것으로 수행하는 문으로 삼으라 하셨느니라.' 이 가르침을 섬 전체가 실행한 그곳에 가고 싶다.

# 꽃을 보고 배운다

　나는 유난히 꽃을 좋아한다. 싫어하는 사람이 없다고 할 만큼, 꽃은 모든 사람의 눈길을 끄는 까닭이 늘 궁금했다. 아름다움 때문이라면 굳이 꽃이 아니라도 아름다운 것은 많이 있기 때문이다. 그래서 꽃 앞에 서면 무엇이 이토록 나를 부르는지 생각하곤 했다.

　어려서도 길을 가다가 남의 집 대문 틈으로 꽃이 보이면 한참이나 들여다보던 기억이 있다. 어머니는 어른이 되어서도 여전히 꽃을 좋아하는 나를 보고 대여섯 살 때의 이야기를 해주었다. 내가 동무네 집에서 놀고 돌아와서 어머니께 그 집이 부자더라고 하면 아이의 말이 맹랑하여 무엇이 있더냐고 물었다고 했다. 그 집 마당에 꽃이 많더라고 대답하여 우리 집에 마실 왔던 어른들도 모두 웃었다는 것이다.

요즈음도 뜰에서 꽃을 볼 때는 일상의 걱정거리는 물론이거니와 기쁨조차 잊는 시간이어서 그때만큼은 평온하기 그지없다. 출가한 내겐 그다지 갖고 싶은 물건이 없지만, 길을 지나다 남의 집 담장 너머로 내겐 없는 꽃을 보면 부러울 때가 있다. 그러기에 새로운 꽃을 보면 사는 편이다. 그때마다 내가 키울 화초의 특징을 알고 싶어 생육조건과 개화기간을 물었다. 화원 주인은 꽃을 오랫동안 볼 수 있기를 바라는 것이라 짐작하여 꽃이 지는 대로 곧 따 주라고 했다. 진 꽃을 따면 곁가지에서 새 꽃이 핀다고 하기에 새로운 것을 배웠다고 좋아했다. 실상 혼자 손에 해야 할 일이 많아 일삼아 진 꽃까지 따줄 틈이 없다.

우리 암자 문 앞에는 오래 묵어 이젠 모양을 갖춘 능소화가 있다. 꽃이 피면 지나가던 사람들이 담장을 한번 올려보게 되는 나무이다. 능소화 가지 끝에 꽃봉오리가 맺기 시작할 무렵, 한 손님이 능소화 꽃을 두 번 피울 수 있다며 아느냐고 물었다. 별 다른 방법이 있나 하였더니 역시 화원 주인의 말처럼 꽃이 지면 가지를 자르면 된다고 했다. 꽃이 진 후, 씨앗을 맺지 못하도록 씨방을 떼어 내면 식물이 그 해의 과업을 이루려 다시 꽃피우는 생리를 이용한 방법이다. 꽃이 가진 제 성질로 오래 피기를 바랐던 것이지 꽃을 따면서까지 새로 피울 마음은 없다.

나는 유난히 꽃을 좋아한다. 싫어하는 사람이 없다고 할 만큼,
꽃이 모든 사람의 눈길을 끄는 까닭이 늘 궁금했다.
아름다움 때문이라면 굳이 꽃이 아니라도 아름다운 것은 많이 있기 때문이다.
그래서 꽃 앞에 서면 무엇이 이토록 나를 부르는지 생각하게 된다.

식물에 관해 알고 싶어 책을 읽다가 그보다 놀라운 사실을 알았다.

꽃밭에서보다 꽃을 꺾어 실내의 꽃병에 두는 것이 오래 피어 있다고 한다. 뿌리에서 떨어져 나왔으므로 죽은 상태가 되어 빨리 시드는 줄 알았는데, 그 까닭이 놀라웠다.

식물이 꽃을 피우는 목적은 종자를 남기기 위함이다. 꽃을 피우는 일에 많은 에너지를 소모하므로 수정을 하고 나면 이제 소용없는 꽃잎을 떨어뜨리고 씨앗을 만드는 데 온 힘을 기울인다. 실내에서는 벌이나 나비를 만나지 못하므로 꽃이 수정할 때를 기다리느라 지지 못하고 있다는 것이다.

뒤뜰에 도라지꽃이 흐드러지게 피거나 원추리의 계절이 되면 한 가지 꺾어와 꽃병에 꽂아 두었다. 오종종하게 맺었던 봉오리가 필 때마다 차차 송이는 작아지고 빛깔은 옅어져 가는 것을 보았다. 봉오리를 모두 피우는 것이 대견했지만, 수정하지 못한 꽃이 하는 최선의 노력인 것은 몰랐다. 그 글을 읽고 꽃이나 사람의 생애가 다를 바 없다는 생각을 했다. 멋쟁이였던 미혼의 남녀는 대부분 자신의 외양을 꾸미거나 취미생활을 즐긴다. 결혼을 하고 아이가 생기면 사람이 달라져 오직 아이에게 전념한다. 사람이나 식물의 일생은 다를 바 없다.

꽃의 생리를 알고 난 후, 꽃밭에 서서 혼자 생각한다.

노력했지만 수포로 돌아간 일이나 관계, 그 기억은 쉽게 지워지지 않아 다시 시작해야 할 때마다 머뭇거리게 된다. 씨방을 떼면 제 몫의 일을 다시 시작하고, 꽃병에 꽂히면 기어이 마지막 봉오리까지 피우는 식물처럼 나도 그렇게 살고 싶다.

　나는 어려서 의지력이 강하다거나 끈기가 있다는 말을 들은 적 없다. 어떤 경우가 와도 꽃을 피우는 식물의 굳은 의지를 배우려고 어린 시절부터 그렇게나 좋아했던가.

# 앵두나무

　연한 분홍색 앵두꽃은 봄 햇살에 피어나는 아지랑이 같다. 꽃잎이 작고 성글어 눈부신 봄볕에 또렷하게 드러나지 않아서이다. 열매도 그렇다. 매실처럼 집집마다 차를 담그고 딸기처럼 좋아하는 사람이 많아 비닐하우스에서 재배하는 과일은 아니다. 앵두는 아주머니들이 길가에 앉아 텃밭에 키운 채소를 파는 보자기 위에서 잠시 보게 된다. 뜰에 있는 열매가 돈이 될까 하여 들고 나온 아주머니의 마음을 생각하여 한 보시기 사주는 과일이다.

　앵두꽃이 필 무렵에는 매화도 활짝 피어 꽃향기가 온 동네에 퍼지고, 벚꽃은 바람이 불면 구름처럼 꽃비를 날린다. 벚나무나 매화에 꽃이 피면 사람들은 꽃 나들이로 바쁘다. 앵두나무는 벚나무처럼 키가 큰 나무도 아니어서 사람들의 관심을 끌지 못한다.

어느 날, 대문을 열어 둔 마당에 등산객이 들어와 뜰을 구경하다가 뒤뜰의 앵두꽃을 보고 '벚꽃이 예쁘다'고 하는 것을 들었다. 도시 사람은 앵두나무를 볼 기회가 많이 없어 어린 벚나무로 아는 사람이 의외로 많다. 영화 속에 이름 없이 등장하는 수많은 엑스트라들처럼.

대부분 젊은 시절에는 언젠가 벚꽃이나 매화처럼 누구라도 알아보는 사람이 될 것 같다. 힘에 부치는 크나큰 꿈을 이루려고 어떤 것은 버린다. 그렇게 버리는 것은 바로 가장 가까운 사람들에게 챙겨야 할 만한 일을 지나치는 것이다. 그러나 세월이 흘러 아무것도 이룬 것 없는 자신을 보면 자존감이 엷어지고 지난 일이 후회스럽기만 하다. 추억 때문에 심었던 앵두나무를 보며 서로 기억하고 생각해 주는 데서 존재할 수 있는 평범한 진리를 생각한다.

올 봄에는 앵두나무가 전과 다르게 느껴진다. 제 이름도 불러주지 않는 사람들 틈에서 제 할 일을 다 하느라 꽃을 피우고, 씨앗을 만들려는 한 생명이 보인다. 예사롭게 보아왔던 모든 생명의 존재하기 위해 애쓰는 이 지극한 노력 앞에 숙연해진다.

모든 생명의 존재하기 위해 애쓰는 이 지극한 노력 앞에 숙연해진다.

심은 지 십 년이 지난 뒤뜰 앵두나무에도 제법 열매가 열린다.

이 봄이 지나면, 작년처럼 앵두가 익고 작은 새가 찾아와 명랑하게 지저귈 것이다. 빨간 앵두를 본 아이들은 제 키에 닿지 않는 열매를 따려고 방긋 웃으며 안아 달라고 하리라. 그 모습을 보면 즐거워져 예약 재배하는 농부처럼 내년 봄 앵두까지 미리 약속할 것이다.

가뭄 끝에 모처럼 보슬비가 내린다. 시장에 간 엄마를 기다리고 있는 아이같이 우산을 들고 앵두나무 옆에 서서 이런저런 생각을 하다가 들어온다.

# 마른 꽃

　벽에 걸린 마른 장미 꽃다발을 보면 꽃 주인이 품고 있는 사랑을 보는 것 같다. 나는 꽃이 마르면 자연으로 돌아가야 할 것 같아서 염색을 하기 위해서나 차를 만드는 것이 아니면 두는 일이 없다. 그런데 시든 카네이션은 달력 위에 몇 달 동안 걸어 둔 적이 있었다.

　어떤 행사에 초청 받아 참석했다가 격려사를 하신 분이 피로연에서 가슴에 꽂았던 카네이션을 건네기에 엉겁결에 받았다. 집으로 가져와 그 꽃을 유리잔에 꽂아 놓았더니 사람들은 이렇게 물었다. '집을 둘러보면 눈 가는 데는 모두 꽃이 있는데, 행사가 다 끝나 소용없어서 준 꽃이 그리 좋아요?'

　평소에 존경하는 분의 가슴에 꽂혔던 것이기에 그분의 영광을 내게 주신 것이라고 생각했다. 꽃이 시들었지만 버리지 못해 달력 위에 걸었다.

젊은 시절에도 뜻밖의 사람으로부터 카네이션 한 송이를 받은 일이 있다. 같이 길을 걸어가다가 갑자기 보이지 않아 잠시 어리둥절하여 주위를 둘러보는데, 그 사이에 어디선가 나타나 찻집으로 가자더니 내게 카네이션 꽃말을 물었다. 나는 생각할 것도 없이 어버이날이나 스승의날 꽂아 드리는 것으로 보아 '감사'일 것 같다고 하였다. 그 사람은 내가 모르게 꽃집에서 산 붉은 카네이션 한 송이를 내밀었다. 속마음을 잘 드러내지 않더니 꽃말을 묻는 것으로 자신의 뜻을 넌지시 전했던 것이다. 마음을 받은 꽃이 시들었다고 버리는 것이 아쉬워 오랫동안 벽에 걸어 두었다.

나는 어쩐 일인지 카네이션을 받은 사람들과는 관계가 소원해졌다. 꽃을 주고받는 사이에 즐겁던 기억이 없었을까마는 흐르는 시간을 따라 시든 꽃과 같이 되고 말았다. 누구나 살다 보면 원치 않아도 이와 같은 경험을 수없이 하게 된다.

만나고 헤어지는 일은 살아가는 동안 늘 겪어야 하는 일이라고 생각하지만 유정한 사람과의 이별은 생각처럼 단순하지 않다. 어떤 이별은 오랫동안 심한 감정의 기복을 겪기도 한다.

아름답던 꽃도 시들어서 버리면 쓰레기통에서 썩느라 풍기는 냄새는 거슬린다. 사람과의 이별도 그와 같을 때가 있다. 그

때 일어나는 감정의 격함은 상해가는 꽃처럼 주변 사람들까지 괴롭게 만든다. 몸과 마음이 희망에 찼던 젊은 시절의 열정으로도 고통스러운데, 하물며 청춘이 지나 그런 일을 겪노라면 살아온 세월에 따른 자책감까지 더하게 된다. 자연이나 인간관계나 한 번 만들어진 것이 원점으로 돌아가는 것은 그리도 힘든 일이다.

　사람들은 왜 꽃을 선물할까. 꽃은 식물이 한 해의 씨를 맺기 위해 했던 적극적인 노력의 산물이다. 그러나 송이마다 모두 충실한 씨를 맺지 못하거니와, 헤아릴 수 없을 만큼 많은 씨앗이 영글어도 모두 생명으로 다시 피어날 수 없다.
　우리가 평생 만나는 인연도 꽃의 운명과 같다. 인연의 씨앗이 한 송이 꽃이 되고 열매를 맺기까지, 대부분은 많은 만남과 헤어짐을 겪은 후에야 이루어진다. 현대는 수많은 직업과 사회참여로 만남의 기회가 많아진 만큼 인간관계도 복잡하고 이별도 잦다. 또 물질도 풍요로워 꽃 선물 역시 한 다발 정도가 아니다. 젊은 사람들은 온갖 기념일을 만들며, 장미 백 송이를 주고받기도 한다. 하지만 대부분의 만남은 내가 받았던 꽃처럼 마른 꽃이 되어 남았다가 언젠가는 추억 속에서도 밀려난다.

　현자들은 물처럼 담담하고, 바람같이 집착 없는 마음이 되기를 꿈꾼다. 물은 막힌 곳이 있으면 돌아가고, 끝내는 바다에 제

몸을 합한다. 바람 역시 어디에도 매이지 않고, 아무것도 붙이지 않으며, 허공의 나그네가 되어 흐른다. 또, 물이나 바람은 어떤 오염에도 시간이 흐르면 스스로 정화하는 힘이 있다.

사람을 대함이 그와 같으려면, 스스로 마음 씀이 물과 바람 같이 될 때에나 가능한 일이다. 만남의 기쁨이나 멀어지는 관계에 대한 원망이나 안타까움에 허덕이지 않아야 한다. 설령 마음의 상처가 있더라도 사람에 대한 믿음을 버리지 않고 다시 시작하는 자세가 감정의 정화를 이룬 물과 바람 같은 사람이리라.

먼 훗날, 내게 꽃을 준 사람과 인연의 어느 모퉁이에서 마주칠 때가 있으리라. 지나왔던 길 중에 어느 것도 완전히 지울 수 없고 모든 관계에 단절이란 없기에, 기차를 타고 지난날 살았던 고장을 지나칠 때의 아스라한 정으로 스치고 싶다.

벽에 걸렸던 꽃이 흙으로 돌아가 대지를 돋우듯, 세상의 모든 인연도 새로운 만남의 씨앗이 날아올 때 비옥한 터전이 되어 실한 싹을 틔우길 기원한다.

# 물소리

　시각장애인에게 들은 이야기이다. 그는 여름장마 때 댐의 수위를 조절하기 위해 물을 방류하는 날이면 댐 수문으로 간다고 했다. 엄청난 물소리를 듣고 있으면 속 물소리가 '웅-'한다며, 마치 지금 그 소리를 듣는 것 같은 표정으로 말했다. 얼굴에는 자연의 방대한 힘에 대한 경외심이 서려 있었다.

　나도 물소리를 좋아한다. 깊은 산 계곡에서 큰 바위에 부딪혀 옆 사람의 말소리가 들리지 않는 물소리. 비 오시는 날, 선방에 앉아서 듣는 기와지붕의 낙숫물 소리. 혼자 녹차를 마실 때, 다관을 기울이면 찻잔으로 흐르는 정적을 깨는 작은 소리.

　한편, 신경이 곤두서는 물소리가 있다. 대중목욕탕에서 대야에 물이 넘쳐흐르거나, 샤워기 꼭지를 통해 쉼 없이 뿜어 나오는 소리이다. 목욕탕에서 대야에 넘치는 물을 볼 때마다 모두 말할 수는 없고, 그냥 보아 넘기기도 어렵다. 너무 오랫동안 틀어둔다 싶으면 생면부지의 사람이 싫은 내색을 할까 봐 여러 번 망설인 후 조심스레 말을 꺼낸다. 당사자도 모르고 있는 일을 알려 주는 듯 미소를 담은 놀란 표정에 상냥한 목소리로 물이 넘치고 있다고 한다. 물을 틀어 둔 채 욕조로 갔을 때는 수도꼭지를 대신 잠그기도 한다.

요즈음 목욕탕에서 대야에 넘쳐흐르는 물소리에 신경이 쓰여 돌아보면 노소가 따로 없다. 예전이라면 물을 아껴 써야 한다고 가르쳐 줄 만한 노인일 때도 있다. 이제는 이런 사소한 일까지 오직 공익광고를 통해 배워야 하는가 싶은 생각에 씁쓸하다.

내가 어릴 때, 머리를 감으면서 깔끔하게 한답시고 계속 헹구고 있으면 어른들은 이런 말씀을 하셨다. "누구나 죽어서 저승에 가면 평생 머리 감은 물을 다 마셔야 한다." 물을 많이 못 쓰게 하려는 뜻인 줄 알았지만, 저승에 가서 다 먹어야 한다던 말씀은 이치에 닿지 않게 느껴졌다. 그래도 몇 번 듣고 나면 어쩐지 그렇게 될 것 같은 마음이 들기도 하여, 더 헹구고 싶지만 그만 두곤 했다.

절은 주로 산속에 있어 상수도 시설과는 애당초 거리가 멀다.

물이 흔하면 인심이 후해진다던
옛사람들의 말 속에 담긴 깊은 뜻을 생각해 볼 일이다.
어느 누가 물의 신세를 지지 않고
하루인들 살 수 있겠는가.

산 위에 물탱크를 마련하여 계곡물을 모아서 쓴다. 어른스님들은 젊은 우리에게 흘러가는 물도 아껴야 용왕님이 돌본다고 수시로 당부하셨다. 물을 아끼라고 하면 될 것을 억지스러운 말까지 하는 것 같았다. 수도요금을 내는 것도 아닌데 세숫물이 반 대야가 넘으면 걱정하셨다.

이제 생각해 보면 저승에 가서 먹는다거나 용왕님이 돌본다는 것은 맞는 말씀이었다. 저승은 미래를, 용왕님은 물의 힘을 뜻함이다. 바다로 흘러들어 간 물은 물고기뿐 아니라 김이나 미역을 통해서라도 다시 먹지 않을 수 없다.

내가 알고 있는 어느 보살님은 샤워하고 닦은 수건은 말려서 손을 닦는다고 한다. 아이들이 한 번 입고 얼룩이 묻지도 않은 옷을 세탁기에 넣으면 현대를 사는 엄마답게 말한다. "네 옷을 빠느라고 쓴 세제 때문에 오염될 물을 생각해 봐라. 물은 너만 먹는 것이 아니라 다른 사람도 먹는 거야."

나는 상수도가 들어오지 않는 작은 도시 외딴곳에 살아 지하수를 쓴다. 가끔 양수기에 모래가 끼여 고장 나기도 한다. 먹을 물은 파는 생수로 우선 해결한다지만, 수세식 변기가 가장 큰 문제가 된다. 물의 소중함뿐 아니라 문명의 편리함에 익숙하여 잊고 있었던 물의 소비량을 새삼 생각하게 된다. 얼마 전, 인터넷에 샤워 중 소변을 하는 것으로도 지구에는 엄청난 물을 아낄 수 있다는 기사가 올랐다.

올봄에도 가뭄으로 드넓은 충주댐의 수위가 형편없이 낮다.

물이 흔하면 인심이 후해진다던 옛사람들의 말 속에 담긴 깊은 뜻을 생각해 볼 일이다. 물이 귀하면 농사가 흉년이 들지만, 이젠 농사뿐 아니라 일상생활을 영위할 수 없는 지경이어서 머지않아 물 전쟁을 할 것이라고도 한다. 한 가지 속에 깊은 통찰을 하던 어른들에게서 배우고 싶다.

갓 출가했을 때는 '산신님'이나 '용왕님'이 샤머니즘이 스며 있는 말인 줄 알았다. 지금 생각해 보면 우리가 더불어 살고, 극복해야 할 자연의 힘을 옛 정서로 표현한 것이다.

어느 누가 물의 신세를 지지 않고 하루인들 살 수 있겠는가. 나는 세제를 극약만큼 무서워하며 쓰지만, '저승'이라는 내일 오염된 물을 함께 마셔야 할 것이 걱정이다.

목욕탕에 잠그지 않는 물소리에 신경이 곤두서지만, '용왕님'이 보살피지 않아 물이 부족할 세상에서 함께 살 일이 큰일이다.

누군가 내가 하는 이 말이 몹시 거슬린다면 그 사람은 나보다 더 물을 아낄 것이기에 고맙기 그지없다.

# 꽃무릇과 안나 카레니나

나는 꽃밭에 선홍빛 꽃무릇이 피면 '안나 카레니나'라고 부른다. 석산이라는 다른 이름도 있지만, 톨스토이의 소설 『안나 카레니나』의 여주인공이 떠올라서이다.

꽃무릇은 초가을이 되어 귀뚜라미 소리도 한풀 수그러들 즈음 꽃 촉이 올라오기 시작한다. 그 무렵에 피는 어떤 꽃보다 눈에 띄어 다가가서 보지 않을 수 없다.

굵은 꽃대 끝에 대여섯 송이의 봉우리는 원을 만들어 자리 잡고, 송이마다 여섯 장의 꽃잎이 활짝 피면 요가를 하는 여자가 긴 허리를 뒤로 젖힌 것 같다. 각각의 꽃잎에는 7센티가 넘는 빨간 수술이 있는데, 진한 화장을 한 여자의 인조 속눈썹처럼 보인다. 노란 꽃가루가 묻은 수술은 작은 구슬장식처럼 화려함을 더해 가까이 가서 보지 않을 수 없다. 소설 속의 안나 카레니나는 누구에게나 눈길을 끄는 강렬한 짙은 속눈썹 아래 잿빛 눈동자를 가져 '그저 다시 돌아볼 수밖에 없는 여인'이라 그려져 있다.

열흘가량 피어 있던 꽃이 지고 난 후, 유난히도 짙은 초록색 난초 같은 잎이 돋는다. 잎은 겨울을 나고 이듬해 초여름이 되면 말라 없어져 자리를 비운다. 마치 빈 땅처럼 보이는 자리에서 연둣빛 꽃대를 올리고 피는 꽃무릇은 불을 켠 듯 붉다. 잎이 지고 난 후 꽃만 피는 것이, 타오르는 정열을 숨기지 못하고 가정과 명예를 버리고 청년 장교 브론스키를 택한 여인을 보는 기분이다.

꽃무릇과 비슷한 꽃으로 상사화가 있다.

초여름에 피는 상사화도 꽃과 잎이 어긋나게 피는 꽃으로 잘 알려져 있다. 상사화는 어떤 스님을 남몰래 사모하다 죽은 처녀의 넋이라는 꽃의 전설이 어울리게 맑은 연분홍색이다. 잎이 이른 봄에 돋았다가 꽃피기 전에 진 후, 자취를 지우고 이듬해까지 자는 꽃으로 생태가 다르다.


꽃무릇이 군락으로 피는 고창 선운사와 함평 용천사는 사진작가뿐 아니라 꽃에 관심이 많은 사람들에게도 많이 알려져 있다. 절 주변에 유난히 꽃무릇이 많은 까닭은 불경을 책으로 엮거나 탱화를 그릴 때 알뿌리에 있는 알칼로이드 성분을 섞으면

세상의 허무하고 아프게 끝난 모든 것의 다음 페이지를 생각한다.
결실을 맺지 못한 사랑이나 일도 땅속에서 알뿌리를 늘리는 꽃무릇과 같이
그 영혼의 안에서 또 다른 성숙이 있을 것을 믿는다.

좀이 슬거나 변색되지 않기 때문이라고 한다. 꽃무릇이 많은 전라도 지방에서는 뿌리에서 녹말을 거른 후 독성을 물에 우려 내고 죽을 끓여 먹는다.

몇 년 전부터 선운사 꽃무릇을 보고 싶었던 차, 마침 갈 기회가 있었다. 갑자기 출발한 탓으로 오후 다섯 시가 지나 도착하였더니 가을 기운이 스민 숲에는 석양의 그늘이 드리워졌다.

선운사 초입부터 눈길이 가는 곳은 꽃무릇이 지천으로 피어 있어, 우리 뜰에 여남은 송이 핀 꽃만 보아온 터라 잠시 어리둥절했다. 그늘진 산자락에 곧게 벋은 밝은 연둣빛 꽃대 위에 빨갛게 핀 꽃은 불꽃잔치였다. 누군가 사진을 찍다가 밟았는지 부러진 꽃대가 더러 있었다. 코스모스는 연약해 보여도 줄기가 강하지만, 꽃무릇은 줄기에 물기가 많고 굵기만 할 뿐 섬유질이 약해 잘 부러진다. 부러진 가지가 안타까워 주워 드니 다시 안나 카레니나를 보는 것 같았다. 쉽게 부러지는 줄기는 남편과 여덟 살이 된 아들을 두고 청년 장교 브론스키에게 걷잡을 수 없이 빠진 모습을 연상케 했다.

꽃무릇의 독처럼 안나 카레니나의 사랑에도 죽음으로 끝나는 파멸의 독이 감추어져 있었다. 안나 카레니나의 사랑도 자살로 끝난다. 그녀가 브론스키와 다툰 후 화물열차에 뛰어든 것은 자신에게 싫증을 느낀 연인에 대한 원망만은 아니었을 것이다. 그릇된 사랑으로 스스로를 망친 자신에게서 벗어나고 싶은 마음이 가장 컸던 것은 아닐까.

선운사에 다녀온 다음 날 밤, 대포를 쏘는 것 같은 소리에 웬일인가 하고 창을 열었더니 저 멀리 아파트 위로 화려한 불꽃이 빛났다. 내가 살고 있는 도시에서 해마다 열리는 축제 개막식에 터뜨리는 불꽃놀이였다. 나는 금방 밝았다 사라지는 현란한 불꽃놀이에 흥미가 없어 끝나기도 전에 창을 닫았다.

어두움을 조용히 밝히는 등불은 바라보고 있으면 유난하지 않은 빛이 마음을 아늑하게 만든다. 사람의 취향이 모두 같을 수 없으니 축제를 화려하게 만드는 불꽃놀이도 필요한가 보다. 안나 카레니나는 등불처럼 언제나 그 자리에서 자신을 지켜주는 남편을 버리고 휘황한 불꽃같은 브론스키를 택했다. 한순간 빛나고 꺼지는 불꽃놀이처럼 그 사랑도 짧았다.

정숙한 부인이었던 안나 카레니나가 사교계의 조롱거리가 되듯, 굳이 사랑이 아니라도 인생의 고비에서 했던 결정도 그럴 때가 있다. 등불 아래서 평화로이 있다가 문득 불꽃놀이에 마음을 뺏기듯, 홀연히 상황이 의외로 흘러가기도 한다. 젊은 시절에 그런 경우를 보면 옳고 그름을 분명하게 나누기도 했다. 이제 그리하지 못하는 것은 나중에 스스로 느끼고 치르게 되는 고통의 값을 잘 알기 때문이다.

눈에 띄게 화려한 꽃무릇은 자연계에서 적응하기 위한 노력일 뿐이건만, 왜 비극으로 끝난 소설의 주인공이 떠오르는 것일까.

어느 생에 내 전부를 걸었던 사랑의 끝이 안나 카레니나와 같았던 적이 있었던 것인가. 그때의 기억 한 자락이 마음속 저 깊은 곳에 맺혔다가 다시 살아나는 것인지도 모를 일이다.

꽃무릇은 화려한 색깔과 긴 수술로 유난히 치장하여 벌과 나비의 눈에 띄기 쉬울 텐데 무슨 까닭인지 씨앗을 맺지 못한다. 꽃이 진 후 돋기 시작하는 잎은 눈 속에서도 파랗게 겨울을 이겨내고 뿌리로 번식하며 다음 해 꽃피울 준비를 한다.

세상의 허무하고 아프게 끝난 모든 것의 다음 페이지를 생각한다. 결실을 맺지 못한 사랑이나 일도 땅속에서 알뿌리를 늘리는 꽃무릇과 같이 그 영혼의 안에서 또 다른 성숙이 있을 것을 믿는다.

# 사람도 식물성

가끔 멀리 아무도 모르는 곳에 가서 새롭게 잘 시작해 보고 싶을 때가 있다. 그러나 생각처럼 할 수 없는 사정이 늘 있었다. 그것은 마치 "다시 젊어진다면 새롭게 살 수 있을 텐데"라는 것과 같은 부질없는 바람과 같다. 나이가 든 지금에도 여전히 잘못과 후회의 연속인 것을 보면 다시 젊은 시절이 된다 해도 그때보다 더 현명해 질 것 같지 않다. 그처럼 어딘가로 떠나 새로 시작한다 해도 결국 마찬가지일 것이다.

낭설인지 모르겠지만, 로또복권에 당첨된 사람이 아는 사람들을 피하여 외국으로 이민 갔다는 말을 들었다. 나는 그 사람이 바라는 바를 이루었는지 궁금하다. 사람은 혼자 살 수 없기에 결국 어딜 가나 누군가와 친해져야 하고, 인터넷의 등장으로 우리는 벌거숭이처럼 자신의 정보를 숨길 수 없게 되었다. 무엇보다 사람의 관계란 다시 시작해도 별반 다를 바 없다.

언제나 한자리에 있는 식물을 보면서 나는 과연 저와 다른가 생각해 보면, 장소나 상황을 마음대로 할 수 없으니 식물과 다를 바 없다는 생각을 하게 된다.

식물이 그지없는 보호 속에서도 무력하게 무너지는 한 풍경을 보았다.

도반스님은 꽃밭을 잡초 하나 없이 매고 꽃을 다듬어주어, 그 동네 사람이 '이 절에는 풀이 안 나는 땅인가 보다' 라고 하기까지 했다. 암자 옆에는 어떤 사람이 울타리를 치고 염소를 키웠다. 염소는 새로운 곳을 좋아하고 식성이 워낙 왕성하여 하늘과 구름, 돌만 빼곤 다 먹는다고 한다. 가끔 울타리를 넘어 도반스님의 뜰로 원정 와서 환약 같은 똥을 싸 놓고, 꽃을 뜯어 먹는 해작질을 했다. 우리가 염소에게 "가!" 하면 겁을 먹고 겅중겅중 달아나는 뒷모습이 애처롭기도 귀엽기도 했다.

그 염소 일가족은 결국 일을 저질렀다. 담장 경계에 심어둔 영산홍의 단풍든 잎과 꽃눈을 뜯어 먹어 이듬해는 꽃이 한 송이도 피지 못했다. 게다가 매화나무를 물어뜯어 물관이 상하는 바람에 나무는 죽었다.

녹차를 서너 잔 마신 후, 맛과 향이 엷어지면 매화를 띄워 향을 즐기는 것이 이른 봄 한때의 멋이었는데 몹시 아쉬웠다. 행

여나 살아날까 하여 차마 베지 못하고 기다리는데, 봄이 한참
지나자 곁가지에서 잎이 살아나기 시작했다. 피워야 할 꽃을
포기하고, 오랫동안 몸살을 앓고 깨어난 것이었다. 식물은 그
렇게 자신을 해치는 존재로부터 피할 수 없는 운명이다.

우리 뜰에는 초여름부터 서리가 내릴 때까지 청보랏빛 꽃을
날마다 피우는 자주달개비가 있다. 처음 심었던 곳이 생육조
건에 적당하지 않았던지 자주달개비는 스스로 뿌리를 서너 뼘
이나 옮겨 자리 잡았다. 식물이 스스로 뿌리를 옮기지 못하는
줄 알았기에 뜻밖이었다. 누군가 꽃 이름을 물으면 한동안 '적

극적인 자주달개비'라고 말해 주었다.


　모든 식물은 뜻하지 않은 꽃샘추위, 새싹을 갉아먹고 자라는 온갖 곤충, 나무둥치를 파고드는 딱따구리를 만나기도 한다. 한편, 자신을 괴롭히던 곤충과 새를 이용해 씨앗을 맺거나 퍼뜨리기도 한다. 다른 생명과 주고받는 상호관계 속에서 살아가는 법을 보여주는 자연의 교훈이다.

　자주달개비와 청매화처럼 식물도 어려울 때 이겨나가는 것을 보며 사람을 다시 생각하게 된다. 우리의 관계란 어느 한 가지도 서로 얽혀 있지 않는 것이 없어 자유로울 수만은 없다. 세상을 벗어나는 것이 출가지만, 사람과 더불어 행복을 일구기 위한 것이 수행이다. 만약 세상을 벗어나려고만 한다면 아무런 의미가 없는 것이다.

　여행을 떠난다 해도 결국 살던 곳으로 돌아와 다시 살아야 하고, 자리를 옮긴다 해도 또 다시 터전을 일구어야 한다. 결국 그 자리에서 살아내야 하는 식물과 다를 바 없다.

　대혜선사*의 글 중에서 읽었던 "땅에서 넘어진 자, 땅을 딛고 일어서라."는 가르침의 본보기를 식물에서 보았다.


*대혜선사: 중국 송나라 때 선사.

# 다람쥐 꽃밭

나는 도반스님의 암자를 다람쥐 꽃밭이라고 부른다. 주위가 밤나무로 둘러싸여 있어 늘 다람쥐를 보게 된다. 다람쥐는 가을이면 겨우살이 채비를 하느라 땅을 얕게 파서 밤을 숨기는 등 늘 분주하다. 다람쥐가 밤을 넣어 다니는 볼주머니를 보게 된 것도 그곳이었다.

우리는 아침이면 같은 시각에 쪼르르 달려오는 다람쥐를 기다린다. 다람쥐는 꽃밭에 좌선하는 사람처럼 보이는 수석 위에 올라갔다가 물을 마시러 수련을 키우는 돌확으로 간다. 작은 겁쟁이는 한 모금 마실 때마다 주위를 두리번거리며 살피고 급히 숲으로 떠난다. 그 모습을 볼 때마다 '깊은 산속 옹달샘

모든 생명이 저 나름대로
제 몫을 다하며 살아
저절로 돌아가는 세상의 단면이다.
내가 바라는 세상이
다람쥐가 들르는
도반스님의 꽃밭처럼 되기를
바라는 것은 현실을 모르는
허황한 꿈일까.

누가 와서 먹나요'라는 명랑한 동요를 저절로 흥얼거리게 된다. 돌확은 그 동네 다람쥐의 옹달샘이며, 겨울잠을 자는 기간을 빼고는 아침마다 일어나는 풍경이다. 도반스님은 물이 녹지 않은 이른 봄이면 돌확에 양동이로 물을 날아다 채워 놓는다.

다람쥐가 물만 먹고 가지는 않았다. 몇 년 전, 봄꽃이 피기 시작하여 소나무 숲 양지 쪽에 노루귀가 한 무더기 피고 진 후, 이어서 필 보랏빛 하늘매발톱도 볼록볼록 꽃봉오리를 맺고 있었다. 도반스님은 하늘매발톱 꽃을 기다리다가 꽃봉오리가 다 없어졌다며 실망이 컸다. 참 이상한 일이었다. 활짝 핀 꽃이 예뻐서 꺾어 가는 사람은 있어도 아주 어린 꽃봉오리를 해작질할 사람은 없기 때문이다.

며칠 후, 우리는 하늘매발톱 봉오리가 없어지는 것을 보았다.

다람쥐가 하늘매발톱 앞에 뒷다리로 버티고 서서 꽃봉오리를 따 옴싹옴싹 먹고 있었다. 그 후로도 다람쥐는 하늘매발톱 꽃봉오리만 먹었고, 꽃을 지킬 수도 없어 아예 다람쥐 몫으로 정했다. 책에서 노루나 다람쥐가 아직 먹이를 찾기 어려운 이른 봄, 꽃봉오리에서 단백질을 얻는다는 것을 읽었기 때문이었다.

겨울을 난 작은 동물이 따먹는 꽃봉오리를 연민 어린 눈으로 보고, 돌확에 물을 날라 두는 모습은 곁에서 보는 사람도 즐겁다. 다람쥐는 장독대에 있는 간장 항아리에서 뿜어 나온 소금기를 핥기도 했다. 마침 카메라를 들고 있던 참이어서 사진을 찍어 사람들에게 보여 주었더니 모두 신기해하였다. 도반스님 의 간장까지 먹는 다람쥐들은 틀림없이 한 식구이다.

시간이 흐르면서 다람쥐가 해 주는 몫도 있다는 것을 알았다. 어느 날 마당에 핀 제비꽃을 따먹고 있어 다람쥐는 보라색을 좋아한다며 웃었다. 도시 사람은 제비꽃을 연약하고 예쁘게만 본다. 하지만 겉모습과는 달리 깊이 박은 뿌리와 톡 튀면서 날 아가는 씨앗으로, 한 해만 그냥 두면 온 마당을 제 세상으로 만 들고 만다. 자연 속에서 봄은 사람에게도 바쁜 계절이다. 우선 씨앗이라도 맺는 것을 막으려고 꽃만 따곤 했는데, 다람쥐가 일손을 도우는 셈이 되었다.

한 달쯤 지나 다른 곳의 하늘매발톱 꽃이 모두 지고 난 후, 소나무 숲의 하늘매발톱 꽃이 피기 시작하는 게 아닌가. 씨앗 을 맺지 못한 하늘매발톱은 다람쥐의 키가 닿지 못할 만큼 자 란 후 기어이 꽃을 피우는 것이었다. 모든 생명이 저 나름대로 제 몫을 다하며 살아 저절로 돌아가는 세상의 단면이다.

돈이 될 만한 것은 모두 대기업이 도맡아 하는 시장구조 속 에서 나는 '다람쥐 꽃밭'을 생각한다. 아이스크림이나 커피 한 잔도 유명한 체인점으로 변하는 거리를 보면 개인이 운영하는 작은 가게는 장차 어떻게 살아야 할지 걱정이다. 힘이 센 사람이 굳이 '하늘매발톱 꽃봉오리' 까지 가지려 하면 겨울을 지내고 나온 배고픈 '다람쥐' 들은 어떻게 살 것인가.

자신의 능력이라 해도 가질 수 있는 것을 몽땅 가진 뒤에 나눠 주는 것은 진정한 베풂이라고 할 수 없다. 대기업의 수많은 상품광고에는 자연의 순수함이나 사람의 감성을 자극하는 내용들이 들어 있다. 그러나 실생활에 있어서는 상생(相生)의 답을 못 보는 이기심에 우울하다. 내가 바라는 세상이 다람쥐가 들르는 도반스님의 꽃밭처럼 되기를 바라는 것은 현실을 모르는 허황한 꿈일까.

# 벼향기

충주댐에서 나오는 물과 문경 쪽에서 흘러오는 달래강이 만나 남한강 상류가 되는 합수머리 옆에는 탄금대가 있다. 우륵이 가야금을 뜯어 탄금대라고 부르는 작은 산자락까지 2킬로 남짓한 강변의 둑길은 자전거도로이다. 그 길을 걸으면 강 건너로 낮은 산이 이어진 평화로운 풍경을 볼 수 있고, 맑은 강바람이 온몸을 스쳐 상쾌하다. 그 길에서 경쾌하게 자전거로 지나치는 사람들을 보면 항상 부러웠다. 나는 아무도 없는 운동장에서도 불안하게 겨우 한 바퀴 돌 수 있을 정도로 자전거에 서투르다.

허리가 아파 일 년에 서너 번은 꼭 신세를 지는 정형외과 의사가 근력을 키우기 위하여 자전거 타기를 권했다. 자전거도로라면 한적한 시간에 탈 수 있을 것 같았다.

접는 자전거를 산 후, 곧바로 싣고 가서 타 보았다. 반대편에서 사람이 오면 부딪칠까 마음을 죄었고, 뛰는 사람보다 내가 오히려 느렸다.

자전거를 산 지 이틀째였다.

그날은 자전거도로의 입구 넓은 공터에서 특산품과 음식 장사를 하기 위해 차일을 치고 행사를 준비하느라 차를 통제했다. 가을이면 하는 무술 축제와 우륵문화제 행사 기간을 모르고 온 것이었다. 그냥 돌아가기가 아쉬워 자전거도로의 입구 인적이 드문 농로로 향했다.

좌우의 논에 벼가 익어 곧 거두어들일 무렵이었다. 타작을 앞둔 황금빛 들판은 아름다웠다. 바닥이 고른 자전거도로와는 달리 농로는 울퉁불퉁한 시멘트 길이었다. 제법 잘 타는 기분을 내려는데 직각으로 난 커브를 만나 긴장하였다가 그만 넘어지고 말았다.

해가 저물어 어둑한 길 위에 벌렁 누웠는데 코에 익은 냄새가 났다. 베게 속에 들어 있던 왕겨 냄새 같기도 하고 밥 냄새 같기도 했지만 꼭 그 냄새만은 아니었다. 들판에는 벼밖에 없었으므로 벼의 향기였을 터였다.

나는 신기하고 궁금하여 휴대전화로 시골에서 자란 도반스님에게 벼도 냄새가 있느냐고 물었다. 도반 스님은 이렇게 대답했다.

"스님이 잘 부르는 〈산 너머 남촌에는〉이라는 노래를 생각해 봐요. '꽃피는 사월이면 진달래 향기, 밀 익는 오월이면 보리 냄새. 그 무엇 한 가진들 실려 안 오리.' 라고 하잖아요. 벼가 익으면 들판에는 벼 익는 냄새가 가득해요."

파인 김동환의 시와 곡이 아름다워 봄이면 한번씩 흥얼거렸지만 '밀 익는 오월이면 보리 냄새'는 다만 노래 중의 한 소절로 지나쳤을 따름이었다.

벼 냄새를 처음으로 알고, 차로 향하여 가면서 여러 가지 생각이 들었다.

언젠가 페인트공이 칠을 할 때 마침 곁에 있었다. 목이 매캐하고 눈이 따갑던 화공약품의 냄새를 맡으며 일의 어려움을 보았다. 우리 암자에 자주 오는 보살님 중에 학교 급식소의 조리사가 있다. 우연히 팔을 잡았는데 팔꿈치가 딱딱하기에 아프냐고 물었더니, 학교 급식소에서 일하는 조리사들은 무거운 식자재를 나르느라 대부분 팔꿈치 보호대를 하고 있다고 했다.

다른 사람의 삶을 보게 될 때마다, 많은 것을 모르는 채 살아왔다는 생각을 했었다. 오십 년 넘게 먹었던 벼에 냄새가 있다는 것도 몰랐다는 것을 알았던 그 날. 바로 가까이에 있는 사람이나 사물에 대해 모르는 것이 너무나도 많았음을 다시 한 번 절실히 느꼈다.

젊은 시절, 어른들이 혼잣말처럼 '사람은 평생 배워야 한다' 시던 말씀이 요즈음 들어 더욱 새삼스럽게 다가온다.

# 벼는 익을수록 고개를 숙인다?

우리나라 사람이라면 농사는 천하의 근본이라는 말을 들어 보지 않은 사람이 없다. 또 그만큼 유명한 속담도 있다. '벼는 익을수록 고개를 숙인다.' 어른들이 아이에게 어릴 때부터 겸손함을 가르치려 하는 말이다. 그러나 이 속담은 말하게 될 때에나 들을 때 마음이 편치 않을 때도 많다. 나 역시 벼가 자라는 과정을 본 적도 없이 그 속담을 믿었다. 그러나 이제 논을 지척에 두고 지켜보며 그 속담에 갸웃한다.

한 해의 절기는 입춘으로 시작하여 24절기로 나눈다. 24절기 중 9번째가 망종(芒種)이다. 씨를 뿌리는 시기라는 뜻이다. 씨 중에도 까끄라기가 있는 곡식이라고 하니 벼를 심는 때이다.

망종은 6월 5일경인데 요즘은 기계를 이용하기 때문에 조금 일찍 심는다고 한다. 봄이 무르익어 한낮이 더워지는 오월 중순이 되면 물이 가득한 논에서 이앙기가 운전하고 다니며 벼를 심는다.

벼는 보통 8월 중에 이삭이 팬 후 40~45일이 지난 9월 중·하순경이 성숙기가 되어 수확을 하게 된다. 한국 사람은 밥심으로 산다는 광고문구가 있을 만큼 쌀의 칼로리는 높다. 반면 가장 값은 싸면서 영양의 균형은 갖춰진 식자재이다. 그런 쌀이 이토록 짧은 시간에 생산되는 데 놀랐다.

가을이 되어 벼가 익으면 바인더라고 하는 기계로 벼를 베고, 콤바인으로 탈곡하는 것까지 보게 된다. 도시에서 자랐기에 농사에 대해 잘 모르다 보니 자연공부를 하는 마음으로 눈여겨보게 된다.

모심기가 된 논을 보고 '모를 심었구나'란 생각을 한 지 얼마 되지 않아 벼는 땅 힘을 받아 자리를 잡았고, 다시 보면 쑥 자라있었다. 모든 초목이 한여름 땡볕에 축 늘어지는 팔월이 되면 언제 자랄까 싶던 벼는 쑥쑥 위로만 뻗어 올라 소나무 같은 상록수라도 될 기세이다. 까칠한 벼 잎은 뻣뻣하여 팔을 스치면 피가 배어 나오기도 한다.

땡볕에 눈이 부시고 손가락 까닥할 힘도 없는 여름, 논에서 살갗이 베일 듯 직선으로 자라 올라가는 벼를 보는 것은 꽃을 보는 것과 다른 감동이 있다. 길이 막히는 여의도 윤중로의 벚꽃이나, 온 산이 불타오르는 단풍 든 산을 보는 것과는 사뭇 다르다.

벼의 뻣뻣함을 사람의 교만함에 빗대어, 벼가 익으면 고개를 숙인다며 겸손하라고 가르친다. 하지만 벼가 고개를 숙일 수 있도록 영그는 것은 땡볕에서도 지치지 않고 자신을 키워나갔기 때문이다. 한여름 논에서 본 벼는 단 한 잎도 땅을 향해 숙인 잎이 없이 치솟기만 한다. 혹 휘늘어진 잎이 있다면 그것은 틀림없이 벼와 비슷하게 생긴 피와 같은 잡초이다.

사춘기 아들의 까칠한 성격과 뻣뻣한 태도에 힘들어하는 엄마의 이야기를 자주 듣는다. 벼가 자라는 이야기를 해 주며 그 뻣뻣한 꼴을 안보고 어떻게 열매 맺는 것을 보려 하느냐고 하면 모두 밝게 웃는다.


벼가 자라는 과정을 지켜본 후, 나를 비롯하여 다른 사람의 교만함을 엿볼 때 팔월 벼의 기세를 생각한다. 저 할 일에 빠져 열심히 노력하는 도중, 주위의 마음을 두루 살피지 못하면 거만하게 보일 수도 있다. 또 대인관계에 미숙하여 거만하다는 말을 들을 때도 있고, 실지로 그런 경우도 있다. 자존감이 지나치면 오만방자하게 비치기도 하는 것이라 생각하면 그렇게 못 볼 것도 없다.

벼는 익을수록 고개를 숙인다는 말은 맞는 말이다. 그러나 모든 사람에게 거슬리지 않는 겸손의 정도는 어디까지일까. 참으로 어려운 일이다.

　대부분은 스스로를 키운 후에야 다른 것도 돌아보는 여유가 생기는 것이다. 벼는 영글어서 고개를 숙이고, 사람은 더 큰 세상 속의 자신을 볼 때 그 속담을 듣지 않고도 고개를 숙일 수밖에 없는 것이다.

# 쑥부쟁이

쑥부쟁이는 산이나 들에서 흔하게 만나는 꽃이다. 한여름부터 드문드문 피기 시작하여 가을에 절정을 이룬다. 줄기 끝마다 보라색 꽃잎이 원을 두르고 속에는 노란색 꽃이 총총히 박혀 있다. 꽃만 보면 벌개미취나 구절초와도 같고, 잎이 조금씩 다를 뿐이다. 다 같은 국화과에 속한다. 흔히 쑥부쟁이와 비슷한 꽃을 통틀어 들국화라고 부른다. 그래도 나는 그 중 쑥부쟁이를 가장 좋아한다.

차를 타고 가을 들녘을 지나다 무리지어 피어 있는 쑥부쟁이를 보면 꽃의 전설이 떠오른다. 가난해서 불쌍한 것이 아니라 어짊으로 더 불행해진 슬픈 이야기다. 전설을 모르는 사람을 만나면 그 이야기를 해 주기도 한다.

옛날옛날 깊은 산속에 대장장이 부부가 살고 있었다. 그 집의 맏딸은 병든 어머니 대신 동생들에게 먹일 쑥을 캐고 다녀 사람들은 쑥부쟁이라고 불렀다. 쑥부쟁이는 다 큰 처녀가 되도록 시집도 못 가고 있었다.

어느 날 쑥부쟁이는 사냥꾼에게 쫓겨 죽게 된 노루를 구해 주었다. 노루는 생명의 은인 쑥부쟁이에게 세 가지 소원을 이루어 준다는 노란 구슬을 주었다.

쑥부쟁이는 세 가지 소원 중 첫 번째 소원으로 좋은 낭군을 만나게 해 달라고 빌었다. 그 구슬이 어떤 구슬인가. 소원을 들어주는 구슬인지라, 깊은 산골에 사냥 왔다가 곤경에 빠진 한 양도령을 만나게 되었다. 도령은 쑥부쟁이와 혼인을 약속하고 집으로 돌아갔다. 그런데 기다리는 도령이 돌아오지 않아 쑥부쟁이의 가슴은 타들어갔다. 두 번째 소원으로 혼인을 약속하고 떠난 도령이 돌아오기를 빌었다. 소원은 곧 이루어져 한 양도령이 돌아왔지만 그 사이 다른 여인과 혼인했음을 알게 되었다. 착한 쑥부쟁이는 마지막 소원으로 이젠 남의 남편이 된 도령이 되돌아가기를 빌 수밖에 없었다. 도령이 돌아간 후, 깊은 상심으로 파리하게 병들어 죽은 쑥부쟁이 무덤가에는 노루가 준 구슬 같은 노란 꽃술을 물고 있는 연보라 꽃이 피었다. 사람들은 그 꽃을 쑥부쟁이의 넋이라고 했다.

가을날, 청명한 하늘을 향해있는 맑은 보랏빛 꽃에,
다른 사람에게 해가 되는 것은 조금도 참지 못하여
한 가지 소원도 이루지 못한 가난한 소녀를 담아주었나 보다.

전설 속의 쑥부쟁이도 제 이름이 있었겠지만 쑥을 캐러 다녀 제 이름을 잃고 별명으로 남았다. 쑥부쟁이 꽃마저 어엿한 이름을 두고 들국화라고 부르곤 한다. 이 시대에도, 그늘에서 제 몫을 못 찾으면서도 묵묵히 살아가는 사람을 보면 제 이름을 못 찾는 쑥부쟁이처럼 느껴진다. 자신의 행복이나 기쁨만을 위해 살아가는 사람들을 볼 때, 쑥부쟁이의 전설을 만든 옛사람들을 생각해 본다.

　꽃의 전설은 꽃이란 이름을 빌려 약자들의 마음을 담은 것이 아닌가.

　힘없는 우리 백성들의 소원이 쑥부쟁이만 같아서, 맘 같지 않는 세상을 살다보면 우연히 얻게 된 행운조차 외려 슬픔이 되어 산에 들에 핀 꽃 이야기 속에 자신들의 처지를 풀어 보았으리라. 가을날, 청명한 하늘을 향해있는 맑은 보랏빛 꽃에, 다른 사람에게 해가 되는 것은 조금도 참지 못하여 한 가지 소원도 이루지 못한 가난한 소녀를 담아주었나 보다.

　뉴스를 보면 자신도 모르는 사이에 통장으로 큰돈이 들어 왔다가 나가는 일이 있다고 한다. 횡재인 줄 알고 쓰면 안 되는 돈이란다. 잠시 지나가는 쑥부쟁이의 행운이런가.

# 어느 참새의 주검 앞에서

밤이 늦어 들어오는데 현관문 앞에 가랑잎이 날아와 있었다. 어느새 가을이 깊어짐을 아쉬워했다.

다음 날 아침, 날이 밝아서 보았더니 가랑잎인 줄 알았던 것은 참새의 주검이었다. 언젠가도 이런 일이 있었다.

암자의 현관은 유리로 된 여닫이문이다. 진한 갈색 코팅이 되어 있어 하늘, 구름, 산, 건너편의 아파트, 앞뜰 나무와 꽃의 거울이다. 유리에 비치는 하늘과 구름이 아름다워 누군가의 사진을 찍어줄 때 현관 유리문을 배경으로 삼기도 한다.

유리에 비친 하늘과 건너편 산, 혹은 앞뜰의 단풍이 고운 배롱나무나 소나무. 죽은 참새는 어디로 가려 하다 부딪쳐 죽었을까. 신라시대 솔거가 그린 소나무에 참새가 떨어져 죽듯—

너는 유리에 비친 풍경이 실제인 줄 알았겠지.
사람도 참이 아닌 거짓을 참으로 잘못 보았다가 낭패를 본단다.

부딪친 자리를 보고 참새가 착각한 곳에 묻어 줄까 하고 유리문을 올려 보았다.

'너는 유리에 비친 풍경이 실제인 줄 알았겠지. 사람도 참이 아닌 거짓을 참으로 잘못 보았다가 낭패를 본단다. 그래, 저 소나무 아래에 묻어주면 요즘 사람들이 하는 수목장이 되겠다. 유리문에 부딪쳐 죽었지만, 너와 같은 안전사고는 사람에게도 있어. 놀라며 죽은 응어리는 부디 잊고, 참과 거짓을 가릴 줄 아는 현명한 눈을 만들어서 다시 환생해. 나무아미타불.'

참새를 묻고 삽을 제자리에 두려고 돌아서는데, 왠지 내가 들어야 할 말을 스스로 하고 있는 것 같은 기분이었다.

청춘 때는 달콤한 감정에 빠져 길을 헤매기도 하고, 나이가 들면 명예심에 속는 줄 모르고 그르치기도 한다. 나 역시 그런 일을 겪으면, 유리창에 부딪힌 참새처럼 충격으로 오랫동안 심신을 앓았다.

참새에게 한 말은 두고두고 스스로에게 해야 할 당부였다.

# 식물도 비상을 꿈꾸는데

움직이는 생명은 동물, 땅에 뿌리박은 생명은 식물이라고 하는 것은 상식이다. 동물 중에서도 새만이 하늘을 날 수 있을 따름이다. 하늘을 날고 싶은 인간의 꿈이 비행기를 만들었다는 것도 아주 평범한 상식이다. 그런데 식물에 대해 또 다른 면을 알게 되었다. 땅에 뿌리를 박은 식물도 비상을 준비한다는 것이다. 민들레나 박주가리는 씨앗을 솜털로 감싸 바람을 타고 날아가 멀리까지 영역을 넓힌다.

특히 단풍나무 종류의 씨방은 날아가기 좋은 모양으로 진화하였다.

반지름이 약 12.7센티인 씨앗이 바람에 날리는 모습을 연속 촬영한 사진을 보았다. 단풍나무 씨앗은 소용돌이를 만들며

난다. 마치 곤충이나 박쥐가 공중의 어느 한 지점에 머물 때 날개를 앞뒤로 흔드는 것과 매우 비슷했다. 동물이나 식물이 비행능력을 높이기 위해 사용하는 공기역학적 방법과 같은 것이었다. 자작나무 씨앗은 약한 바람에도 쉽게 하늘 높이 올라, 마치 구름처럼 떼 지어 대륙 건너편까지 갈 수 있다.

식물의 이와 같은 생존의 노력 덕분에 우리는 자연의 혜택을 누리는 것이다.

우리 암자 마당에서 씨앗을 날려 돌 틈이나 마당 곳곳에 개체수를 수없이 늘이는 제비꽃과 괭이밥을 뽑을 때면 한계에 도전하는 장애자 올림픽이 생각난다.

제비꽃이나 괭이밥의 영근 씨방은 어딘가 닿기만 하면 톡 튀어 씨앗이 몇 미터나 날아간다. 그런 성질 때문에 잔디밭에 제비꽃이나 괭이밥이 한 번 나면 없애기란 거의 불가능하다. 어느 해 우리 암자 잔디밭에 제비꽃이 피었다. 보라색 꽃을 좋아하는 내 취향 때문에 곧장 뽑지 않고 꽃이나 보고 뽑으려 하다가 아직도 잔디밭 전체에 퍼진 제비꽃과 씨름 중이다.

괭이밥, 땅에 엎드려서 보아야 그 노란 꽃을 자세히 볼 수 있고 꽃잎이 다섯 장인 것을 겨우 알 수 있을 정도로 작은 식물이다. 그런데 씨앗이 튀어서 날 때 씨앗의 크기를 사람과 대비하면, 은메달과 비교할 수도 없는 올림픽 금메달감이다.

이런 식물들을 보면 올림픽 표어 '보다 빠르게, 보다 높게, 보다 강하게'는 세상에 생존하는 모든 식물의 표어인가 싶다.

어느 겨울날, 길가의 억새에 가을이 한참이나 지났는데도 씨앗이 붙어 있는 것을 보았다. 씨앗을 더 멀리 날려 보내기 위해 바싹 말리려 아직도 준비 중이었다. 뿌리를 땅에 박고 있는 식물이 이렇듯 비상을 준비하는데, 나 역시 훤출한 비상을 해야 하리라. 내면이나 외면이나 그 어떤 관념의 군더더기라 할지라도 걷어내고 내 생존의 의미, 스스로 자유로워지는 경계로―

# 까치의 죽음

대설을 며칠 앞둔 이른 아침이었다. 출입문을 거칠게 한 번 치는 소리가 들렸다. 누군가 방문하면 대개 문을 서너 번 흔들기는 하지만 이렇게 단 한 번 세게 치는 일은 없다. 이상한 기분이 들어 현관 유리문 밖을 내다보고 깜짝 놀랐다. 커다란 까치 한 마리가 유리문 아래 섬돌 위에서 작은 부리를 옴싹거리며 나동그라져 있었다. 까치는 2분이 채 지나지 않아 숨을 거두었다.

나는 문을 열어 볼 틈도 없이 '관세음보살 관세음보살' 염불을 하며 합장을 하고 바라보는 수밖에 없었다. 나는 아직 사람이 운명하는 것을 본 적이 없으니 눈앞에서 한 목숨이 꺼져 가는 것을 지켜 본 것은 그 까치가 처음이다.

미국조류보호협회(ABC)는 미국에서 빌딩 유리창에 부딪혀 죽는 새들이 한 해에 수억 마리로 추정된다고 밝혔다. 우리나라에도 그런 새들이 틀림없이 많을 것이다. 이제 저 까치의 육신을 걷어 주어야 하는 것이 내가 해야 할 일이었다.

까치의 주검을 바라보며 얼마 전 텔레비전에서 보았던 한 프로그램이 떠올랐다. 요즈음 1인 세대가 늘어나면서 홀로 임종하는 일이 많아졌다는 것이다. 가족과 연락이 되지 않아 시간이 많이 지나 발견되었을 경우, 일반인으로서는 도저히 감당하기 어려울 정도의 상태가 된다고 한다. 그럴 때 사후처리를 맡아서 해 주는 새로운 직업이 있다고 했다. 그 프로그램에서는 일을 하는 과정을 모두 보여 주었다. 도배지까지 뜯어내는 것을 보여 주었다. 사망한 지 오래된 집의 물품은 육신이 부패하면서 생긴 냄새가 가전제품은 물론 장판과 벽지에까지 스며들어 모두 버려야 한다고 했다.

한 생명의 흔적은 시간에 따라 자연스레 잊혀 가는 것이 아니라 지우는 것이라는 내레이션이 있었다. 또 자녀를 많이 낳지 않는 시대가 되었기에 직계자손이 있더라도 자녀 혼자 고인의 뒷정리가 어려워 그 직업인에게 부탁하는 경우도 있다고 했다. 모든 존재는 자신의 시신을 스스로 거둘 수 없으니 사후의 일을 처리해 주는 사람들이 그지없이 고마웠다.

불교에는 이런 일화가 전해 내려온다.

두 스님이 있었다. 한 스님은 늙고 못생겼으나, 한 스님은 젊은데다 잘생기기까지 하였다. 마을로 가서 탁발을 하던 시절이었다. 시주를 하러 가면 마을에서 가장 부잣집도 들르게 되는데, 늙고 못생긴 스님은 그 집에서 반드시 많은 시주를 받고 젊은 스님은 늘 그냥 돌아오곤 하였다. 누구나 그 젊은 스님을 보면 좋은 마음을 내었는데 그 집만은 예외였으니 까닭이 궁금하였다. 그때 큰스님이 말씀하셨다.

전생에도 두 스님은 수행자였고, 그 부자는 뱀이었다. 밭을 갈다가 뱀이 죽은 것을 보고 한 스님은 그냥 지나쳤고, 한 스님은 '죽은 네 몸을 보고 사람들이 싫어할 테니 내가 걷어 주마'하며 묻어 주었다는 것이다. 그때 뱀을 묻어 준 수행자는 지금의 늙은 스님이었고, 그냥 지나친 수행자는 젊은 수행자라는 것이다. 그 인연으로 부자는 자신도 모르는 사이 그때의 은혜를 갚고 있는 것이라고 했다.

출가한 지 얼마 되지 않은, 젊은 시절에 듣게 된 이야기였다. 죽음은 오랜 후의 일만 같았고 남의 일 같은 이야기였다. 운전을 하다가 도로에 죽어 있는 고라니나 고양이 같은 동물의 사체를 보면 떠오르는 일화일 뿐이었다.

한 사람의 생애를 정리하는 일은 생각보다 간단치 않다는 것을 나는 진즉부터 알고 있다. 나는 출가하느라 내 짐을 정리한 경험이 있다. 그때 한 사람이 사는 데 필요한 물건이 의외로 많다는 것을 뼈저리게 느꼈다. 많은 책과 또 더 많은 옷. 그때 다시는 이렇게 살지 않으리라 생각했다.

그럼에도 이제 작은 암자라도 건사하다 보니 다시 물건 속에 빠져서 살고 있다. 그 프로그램을 본 후, 나도 책과 함께 모아 둔 병이나 통 같은 것을 재활용으로 내보냈다. 그리고 혼자 중얼거렸다. '누가 보면 한 사람이 죽어 유품 정리한 줄 알겠네…….'

까치의 주검을 보며 어디에 묻을까 생각하던 중 마침 등산길을 내려오다 참배하러 오신 어느 처사님이 치워 주셨다. 다음 날 유리창에는 까치의 부딪친 자국이, 섬돌에는 피 한 방울이 묻어 있는 것을 보았다. 가볍게 살다 간 죽음의 뒷일은 그 몸의 무게만큼이나 간단했다.

# 눈

　밤새 눈이 내린 아침은 어린 시절 신부화장을 한 앞집 언니를 보는 것 같은 풍경이다.

　앞집 언니의 결혼식을 구경하러 갔을 때, 늘 집안일을 하느라 허드레옷을 입고 있던 그 언니가 아니어서 깜짝 놀랐다. 유난히 하얗게 분을 바른 얼굴에 까맣게 칠한 눈썹과 빨간 입술은 다른 사람이었다. 마치 앙상한 나뭇가지가 눈꽃나무가 되고, 쓰레기 더미나 허름하게 낡은 것이 순식간에 깨끗하게 변하는 눈 내린 풍경도 꼭 그렇다. 사람들이 눈을 좋아하는 것은 이렇게 변할 것 없던 일상이 순식간에 결혼식장마냥 아름답고 깨끗하게 장엄하는 힘 때문이다.

두 얼굴을 갖고 있는 하얀 눈 이불을 보며 금강경의 무유정법(無有定法),
정해진 법은 없다는 가르침을 생각한다.

구정 무렵 눈이 오면 고향을 오가다 나는 교통사고로 자동차 공업사는 성업이라는 말을 들었다. 또 눈길에 미끄러져 정형 외과 신세를 지는 사람도 많다고 했다. 나도 빙판길 급커브에서 차가 빙그르 돌아 차 앞 범퍼 한 쪽이 깨어졌다. 오래된 차인지라 고치기도 아까워 그냥 타고 다닌다. 큰 눈이 오면 뉴스에선 눈의 무게에 비닐하우스가 휘어져 피해를 입은 농가를 보여 준다. 그렇다고 겨울에 오는 눈이 싫다고 할 수도 없다. 눈도 녹으면 물인지라 눈이 오지 않으면 여름처럼 가뭄에 시달린다.

어느 해 겨울, 차도에는 염화칼슘을 뿌려 억지로 녹였지만 길가의 밭에는 20센티가 넘게 눈이 쌓여 있었다. 그런 길을 운전하던 'ㅈ' 씨가 눈을 보며 한마디 했다.

"저 눈 아니었으면 올겨울 같을 때는 큰일 나요. 아파트야 괜찮지만 단독주택엔 하수도며 상수도며 할 것 없이 다 얼어요."

그가 하는 포클레인 일은 겨울이 되면 땅이 얼어 공사가 중지되므로 별로 할 일이 없다. 그런데 올 겨울엔 너무 추워서 눈이 오기 전까지 얼어붙은 하수도를 고치러 다니느라 바빴다는 말을 덧붙였다. 그렇다. 움직이는 공기, 바람은 체감온도를 높이지만 움직이지 않는 공기는 최상의 보온 단열재이다. 겨울에 자라는 보리밭은 눈이 이불이 된다고 한다. 그것은 눈 속에 있는 공기로 인하여 보온이 되기 때문이다. 사람들 대부분이 자가운전을 하면서 눈이라면 성화를 하는 경우가 많아졌지만,

눈은 보리밭을 덮듯 우리를 덮어주고 있었다.

두 얼굴을 갖고 있는 하얀 눈 이불을 보며 금강경의 무유정법(無有定法), 정해진 법은 없다는 가르침을 생각한다.

# 달목걸이

지금 우주에는 350만 개가량의 우주쓰레기가 있다고 나사(NASA)에서 발표했다. 수명이 다한 인공위성, 우주선에서 분리된 로켓, 우주인이 버리고 온 도구, 볼트와 너트 등 과학이란 이름으로 만들어진 쓰레기다.

히말라야 안나푸르나 같은 높은 봉우리도 수많은 원정대가 두고 온 쓰레기로 몸살을 앓고 있다. 고산 등반의 필수품 산소통, 생수통, 고정로프와 텐트, 음식을 담았던 캔……. 이렇게 우리가 반드시 지켜야 할 자연을 손상한 우울한 기사를 읽으면 어린 시절에 읽었던 동화가 문득 떠오른다.

어린 공주는 달을 가지고 싶어 하여 병이 났다. 임금님은 공주의 병을 온갖 약으로도 고칠 수 없어, 궁전의 모든 창을 가려 달을 보이지 않도록 했다. 그리한다고 하여 공주에게 달을 잊게 할 수는 없어 병은 깊어졌다. 궁중의 어릿광대는 임금님께 공주의 마음을 떠 보겠다고 하였다. 어릿광대는 공주에게 '달이 얼마나 크냐'고 물었더니 '손톱으로 가려지므로 손톱보다 작다'고 대답했다. 어릿광대는 '공주님을 위해 달을 가지고 오면 다른 사람은 어떻게 되느냐'고 물었다. 공주는 '달은 한 달마다 기울었다 차오르므로 우리가 어릴 때 뽑은 이가 나듯 다시 나온다'고 가르쳐 준다. 공주가 생각하는 달을 알게 된 임금님이 아이 손톱만한 작은 달 목걸이를 만들어 주자 공주의 병은 나았다는 이야기였다.

어린 시절에는 그 동화를 읽고 공주의 천진함에 웃었다. 어릿광대가 등장하는 것으로 보아 서양 동화일 것이다.

요즈음은 우주를 정복한다거나 자연에 대한 동경을 넘어선 훼손을 볼 때, 달을 가지려던 동화속의 공주가 어른이 된 것을 본다. 자연을 동화 속의 공주처럼 젖니를 뽑으면 다시 나는 간니, 깎으면 계속 새로 자라나오는 손톱처럼 생각하지 않기를 바랄 따름이다.

삶의
푸른 잎

# 문장대의 호박돌

나는 예나 지금이나 그다지 여행을 하지 않는다. 출가하기 전에는 유난히 엄한 아버지 때문이었다. 이젠 어느 누구의 허락을 받을 필요 없지만 여행을 목적으로 길을 떠나는 일이 별로 없다. 어머니는 그것이 젊은 시절에 여행을 못해 보아 여행의 멋을 모르기 때문이라고 믿어, 아버지 탓인 것처럼 생각하신다. 그러나 알고 보니 내 기질이 방콕 형이었던 것이다.

이런 내게 어머니는 언젠가 속리산 문장대는 꼭 가보라고 당부하셨다. 꼭 가야할 까닭은 너무 엉뚱했다. 죽어서 염라대왕 앞에 가면 생전의 행적을 물을 때 '문장대를 가 보았느냐'고 묻는다는 것이었다. 죽은 사람이 다녀왔다고 하면 참말인지

확인하려고 '문장대 위에 호박돌이 몇 개더냐'고 묻는다 하니 꼭 돌도 세어 보라고 했다. 염라대왕이라는 말에 나는 폭소를 터뜨렸다. 그 후, 어느 고장에나 문장대와 같은 이야기가 있다는 것을 알았다. 의성 사람에게 들었는데 고운사가 그렇다고 했다. 고운사는 의성에 있는 아름다운 절이다.

얼마 전, 텔레비전 화면에 '아무 것도 하지 않을 자유'라는 문구가 나왔다. 멋진 말이라고 느끼는 순간 외국의 석양에 물든 아름다운 해변이 나오며 그곳으로 여행하라는 항공사 광고임을 알았다. 아무것도 하지 않을 자유를 며칠 누리기 위해 서민들은 몇 년 동안 돈을 모아야 할까. 아! 이 시대의 '문장대 호박돌'이구먼 하며 혼자 웃었다. 나는 아직도 문장대는 물론이며 아무것도 하지 않을 자유를 누릴 수 있다는 해변에도 가 보지 않았다. 죽어서 염라대왕이 물으면 텔레비전에서 봤다고 할 것이다.

요즈음 사람들에게 여행은 옛사람들만큼 어렵지 않고, 내가 자라던 때와도 달라 부모들도 여행을 반대하지 않는 시대가 되었다. 그래도 누구나 먹고 사는 일이 어렵고 직장이 안정되지 않으니, 희망대로 사는 것이 얼마나 어려운 일인지 '죽기 전에 가 보아야 할 곳'이라는 책이 나오기까지 했다. 옛사람들은 염라대왕까지 들고 나와 그런 말을 남겼거늘, 아무리 바쁜 중이라도 가고 싶은 곳이 있다면 가 볼 일이다.

자신의 일생 중, 일상을 털고 가까운 명승지나 높은 산도 한 번 올라보지 못하고
세상을 떠난다면 한 맺힐 것을 생각하여 나온 말이리라.
즉 자신만을 위한 시간의 중요함을 강조한 것이라 생각된다.

옛사람들이 왜 그런 말을 했을까 생각해 보곤 했다.

농사에 매달려 살았던 시절. 자신의 일생 중, 일상을 털고 가까운 명승지나 높은 산도 한 번 올라보지 못하고 세상을 떠난다면 한 맺힐 것을 생각하여 나온 말이리라. 즉 자신만을 위한 시간의 중요함을 강조한 것이라 생각된다.

옛이야기에 나오는 염라대왕이나 저승사자는 누구인가. 바로 자신의 내면과 사람을 사랑했던 사람들의 마음속에 남는 미련이나 후회의 다른 말이다. 오늘 하루라는 시간을 허투루 쓰지만 않으면 우리 내면의 소리라는 저승사자 앞에서 기가 죽진 않을 것이다.

얼마 전, 민화를 그리는 작가와 함께 그림을 그리다가 아름다운 울림이 있는 말을 들었다.

"스님. 내가 죽으면 민화에 미친 여자가 죽었다고 할 거예요. 저는 여행도 싫어요. 그 시간에는 그림을 그릴 수 없어서요."

그분은 정말 그럴 것이다. 민화를 사랑하여 자신의 부담으로 사무실을 내어 운영하며 사람들에게 무료로 그림을 가르쳐 줄 뿐 아니라 점심을 챙겨 주기까지 한다.

자신이 좋아하는 일에 온 정열을 다 바쳐 스스로도, 그것을 본 사람도 모두 인정할 것을 믿으니 그분이 만날 염라대왕은 문장대와 호박돌을 결코 묻지 않을 것이다.

# 섬초롱꽃

오월 하순이면 하얀 초롱꽃과 섬초롱꽃이 핀다. 초롱꽃은 꽃부리가 옛 등불을 매단 것 같은데 꽃송이 안에는 솜털까지 있어 영락없이 한지의 닥나무 섬유질이 핀 것처럼 보인다.

올해 처음으로 섬초롱 한 가지를 꽃병에 꽂아 찻상 위에 올려놓았다. 꽃밭을 둘러보다가 부러진 가지가 있어 들고 들어온 것이었다.

섬초롱은 우리나라에만 있는 종(種)이어서 좋아하지만, 심은 지 몇 해가 되었어도 꽃병에 꽂은 적이 없었다. 초롱꽃과는 달리 꽃 안쪽의 자주색 점 때문이었다. 종이 위에 색연필로 찍은 것 같은 점은 갓 필 때는 연하지만 시간이 흐를수록 진해져서 내 눈에 청초해 보이지 않는 것 같았다.

우연히 섬초롱의 꽃 속을 자세히 보게 되었다.

그날은 아침 일찍 도라지 밭을 매고 들어왔다. 밭일이 너무 피곤하여 쉬다가 마침 꽃병 옆에 카메라가 있기에 누운 채로 꽃송이 속에 초점을 맞추었다.

섬초롱꽃 속은 놀라웠다. 꽃 속의 자주색 점이 뜻밖에 고왔다. 정확하게 다섯 등분된 자리마다 둥근 자주색 큰 점이 있고, 그 점을 따라 붓으로 뿌린 듯한 작은 점이 있었다. 고개를 숙이고 피는 꽃으로 나리나 백합이 있지만 대부분 속이 훤히 보인다. 초롱꽃은 한 장으로 된 꽃송이가 긴 원통형이어서 앉아서는 그 속을 볼 수 없다. 섬초롱은 겉보다 속이 더욱 아름다웠다.


렌즈 속의 꽃을 보며 예전에 들었던 말이 생각났다.

내가 자랄 때 멋을 내느라 거울 앞에 오래도록 있으면 어머니는 '사람은 겉만 꾸밀 것이 아니라 속에 있는 마음을 곱게 해야 한다'고 하셨다. 옛 여인들이 쓰던 반짇고리나 상자 속에 고운 색 한지를 발라 썼던 것도 바로 그와 같은 뜻이었을 것이다.

그 당시에는 옷도 겉감보다 안감의 색깔이 고울 때가 많았다. 연한 옥색 항라 치마의 안감은 연한 분홍색을 받치고, 자주색 두루마기 속은 연둣빛이었다.

내가 어머니의 옷장에서 그런 옷을 보았던 1960년대만 해도

여인들이 외간 남자와 맞대면하지 않던 조선시대 풍습을 아직
다 버리지 못하였다. 아버지가 계시지 않을 때 친척이 아닌 남
자 손님이 오면 어머니는 몸을 조금 돌리고 살짝 고개를 숙인
채 말을 하였다. 내외라는 것을 알 리 없어, 다른 사람을 대하
며 얼굴도 바로 보지 못하는 어머니를 촌스럽게 생각했다. 이
젠 다시 보지 못할 우리 여인의 모습이었다.

섬초롱을 보며 어여쁜 겉모습처럼 마음을 가꾸는 것도 중하
게 여겼던 조신한 옛 여인 같은 품위를 보는 듯 했다. 그런 여
인들이 사는 땅의 꽃답다.

꽃을 보고 있는데, 마치 통치마 같은 꽃 속으로 작은 벌 한
마리가 들락거리며 꽃잎을 스친다. 초등학교 운동장에서 여자
아이들끼리 놀고 있는 틈에 개구쟁이 남자아이가 치마를 슬쩍
들췄다 달아나는 풍경 같다. 섬초롱꽃 사진 몇 장을 찍는 사이,
한 세월의 풍습이 바뀌는 시간 속에 잠시 머물렀다.

# 라일락의 맛

　행자시절, 마당을 지나가다 라일락 나무 옆에서 스님과 마주쳤다.

　스님이 내게 라일락 잎을 한 장만 따라고 하기에 영문을 모른 채 시키는 대로 한 잎 땄다. 스님은 또 사랑니가 있느냐고 물었다. 라일락 나뭇잎이 하트형으로 생겨서 사랑 점을 칠 수 있다는 것이었다.

　나뭇잎은 생긴 모양에 따라 16가지 종류로 분류한다는 것을 나중에야 알았다. 소나무의 바늘잎, 감나무의 달걀형, 으름나무의 오출엽(五出葉) 등으로 나누는 중에 라일락을 심장형으로 분류한다.

　그전까지 자세히 본 적이 없었는데 정말 라일락 잎은 하트

단맛에 삭는 치아처럼,
역경의 쓰디쓴 경험을 하지 않아 저항력을 키우지 못하면
스스로도 무너지는 것이 삶의 또 다른 쓴맛이다.

모양이었다. 사랑니야 있지만, 출가한 마당에 지나간 사랑의 점괘는 소용없다. 앞으로 사랑은 하지 않을 터이므로 공연한 일이다.

아무래도 새로 온 행자에게 장난하는 줄 짐작이 갔다. 그래도 처음으로 자세히 보게 된 라일락 잎과 사랑니의 자국으로 치는 점이라기에 재미있어 속아주기로 했다.

라일락 잎을 두 번만 접어서 사랑니에 넣고 한 번 깨물었다 보여 주면 잇자국으로 점을 친다고 했다. 사랑니 자국이 나도록 꼭 깨물었다.

"앗! 써."

"행자님 사랑은 썼군요."

나는 그제야 속은 것을 알고 웃었다.

줄기에서 하얀 즙이 나오는 민들레나 씀바귀로 겉절이를 하거나 삶아 무쳐 먹으면 처음에 쓰지만 뒤에는 단맛이 난다. 익모초 즙은 냄새까지 써서 기침이 나오기까지 한다. 내가 씹어 보았던 라일락 잎은 어금니에 즙이 남아 있어선지 정말 쓰기만 할 뿐이었다.

무성한 라일락 나뭇잎 사이사이 가지 끝에 보랏빛 꽃이 무더기로 피고 봄바람에 향기가 흩날리면 그날 일이 떠오른다.

사랑만 쓴맛이 아니었다. 스스로 다독이는 마음이 없으면 세상은 온갖 종류의 쓴맛이 지천이었다. 사람의 마음을 얻는 일 뿐 아니라 물건이나, 명예, 얻고 싶었지만 못 가진 모든 것은 애쓴 만큼 쓴맛이었다. 그 맛도 각각 달랐다.

절에 자주 오는 선행지보살이 씀바귀 무침을 밥상에 올렸더니 고등학생 아들이 써서 못 먹더라고 하더란다. '아직 인생의 쓴맛을 못 본 너는 몰라도 되는 맛'이라고 말해 주었다기에 웃으면서 공감도 했다.

어린 시절에는 나 역시 쓴맛을 좋아하는 어른들의 미각을 알 수 없었다. 몸을 키워가야 하는 나이에는 단맛이 많이 필요하였기 때문일 것이다.

한방에서 쓴맛은 심장을 도와 피를 충실하게 하는 기능이 있다고 한다. 사람들은 초봄의 입맛을 돋우는 씀바귀를 겨울을 지낸 사람에게 심장의 기를 도와주는 약으로 생각한다. 단맛에 삭는 치아처럼, 역경의 쓰디쓴 경험을 하지 않아 저항력을 키우지 못하면 스스로도 무너지는 것이 삶의 또 다른 쓴맛이다. 내가 스님의 장난기에 맞추느라 라일락 잎을 사랑니에 넣어 깨물어 볼 때처럼 인생에는 느닷없이 썼던 추억이 많았고, 쓴맛 뒤에 남는 단맛처럼 힘들었던 뒤에는 보람이 남는 일도 있었다.

봄이 오고 있는 뜰에 나가 보면, 라일락 나무의 가지마다 꽃눈이 맺혀 날마다 자라고 있다. 지난해의 무성한 쓴 잎 사이에 미리 꽃눈을 준비했다가, 겨울을 나고 봄이 무르익으면 다시 싱싱한 잎 위로 보랏빛 꽃무리를 이룰 것이다.

우리도 온갖 사연으로 살고난 후, 라일락처럼 가슴에 승화의 꽃을 피울 수 없다면 참으로 허망한 일이다. 네가 피운 꽃을 내가 보고 흩날리는 나의 꽃향기가 네게 전해져서, 위로하고 위로받는 것이 세상이었다.

유독 세월이 쓰게 느껴졌던 탓일까. 라일락에 꽃이 피면, 세상살이의 쓴맛 속에서 피워야 할 꽃을 생각한다.

# 진공청소기

진공청소기, 방마다 구석구석 끌고 다니면
그 요란함이란
난청의 원인이 되기도 한다는데
깨끗하게 만드는 것은 그리도 어려운 것인지—
사랑과 미움, 분노, 질투, 자책, 온갖 망상을 삭일 때도
마음속에선 그처럼 소란했다

세상과 마주한 내 마음이
청소를 마치면 없는 듯이 조용한 청소기처럼 되고 싶다
못에 비치는 숲,
명지바람에 그림자 잠시 일렁이다 잔잔하듯

청소기를 돌리다가 가득 차면 쓰레기봉투를 바꾸는 것처럼
밀대에 붙어있는 투명한 '먼지 따로' 통을 수시로 비우듯
마음속 먼지 같은 생각도 그렇게 쉽게 버리고 싶다

# 단소 소리

어느 해 봄, 단소 강좌를 신청한 적이 있었다.

우연히 해가 기울어 가는 제천역 광장에서 우연히 리코더 소리를 듣고 인상 깊어 배우고 싶었던 것이었다.

그 날 제천역에 내린 것은 내가 있던 자리에서 도망을 치듯 나선 길이었다.

그날 오후 두 시 무렵 청량리 버스 정류장에 혼자 서 있었다. 처음 참석한 모임에서 점심을 먹고 막 헤어진 참이었다. 아직 잘 모르는 사람들에게 어색함을 드러내지 않으려고 노력한 것이 평소보다 들떴고, 정작 혼자가 되자 속이 텅 빈 것 같았다. 과일이 진열된 노점이 어느 먼 나라의 거리처럼 낯설며, 갑자기 다시 돌아갈 길이 아득하게 느껴져 멍하니 서 있었다.

고속버스 터미널로 가려고 청량리역에 갔다가 마침 제천으로 가는 중앙선이 곧 있다는 것을 알았다. 내가 살고 있는 곳은 제천에서 직행버스로 한 시간 거리이다. 한 번에 가는 고속버스보다 길은 돌지만, 당장 그곳을 벗어나고 싶어 기차를 탔다. 차창으로 양평과 원주로 이어지는 잔잔한 남한강과 녹음이 시작된 숲을 보며 기차를 탈 때의 기분은 차차 가라앉았다.

제천역은 오래된 작은 역사였다. 같이 내린 사람들의 느릿한 걸음을 따라 나도 천천히 역 광장으로 나왔다. 어디선가 끊어질 듯 이어지는 맑고 구슬픈 리코더 소리가 들려왔다. 여전히 사람을 나른하게 하는 하오의 뜨겁고 나른한 햇빛, 역 주변의 낮고 오래된 건물이 이어지는 길, 몇 되지 않는 승객들의 무심한 걸음. 리코더 연주는 그 순간의 완벽한 배경 음악이었다.

청량리에서 가슴이 텅 비고 미아가 된 것 같았던 내 하루, 길의 소리처럼 들렸다. 둘러봤더니 택시 승강장 앞에서 시각장애인이 불고 있었다. 그 후 한동안 제천역 광장의 리코더 연주를 다시 들어 보고 싶었다.

단소 강좌 신청은 했지만, 절집 살림은 봄이 되면 뜰에 손이 가야 하고 부처님오신날의 준비로 바빠 번번이 결석했다. 리코더는 단소와 모양은 비슷해도 떨림판이 있어 오직 악기의 구

스스로에게 발견하는 생소한 모습에의 당황함.
느닷없는 막막함.
그것은 생업의 절박함과 같은 것은 아니지만,
왠지 내 존재가 휘청한 기분이었다.

멍으로만 소리를 내는 단소와는 다르다.

　단소를 배우기 전에는 단소 소리를 막연히 청아한 소리라고 생각했다. 막상 불어 보았더니 내 선입견과 달랐다. 슬픔으로 울던 울음을 그친 후 목이 쉰 듯한, 판소리 하는 사람의 목소리 같다.

　소리를 하는 사람은 폭포의 물소리 속에서도 들려야 할 만큼 목을 틔운다. 그런 과정에서 탁음이 되지만, 쉰 목소리는 허공으로 넓고 멀리 나가면서도 듣는 사람을 차마 떠나지 못하게 품고 있는 정이 있다. 우리의 옛 기와지붕에 와송의 씨앗이 날아와 자라고, 초가지붕에 박 덩굴을 올려 더불어 살던 지붕의 선. 단소는 우리나라 국악의 판소리나 민요에서 듣는 바로 그런 음색이다.

　리코더 소리는 서양음악의 오페라나 가곡을 부르는 성악가의 목소리의 느낌이 있다. 인간의 목소리로 낼 수 있는 가장 맑고 아름다운 소리를 낸다. 서양음악은 신에게 닿으려는 노래를 많이 불러서인지, 목소리에서 서양의 뾰족하게 솟은 첨탑 지붕을 보는 것 같은 느낌을 받는다. 발 닿을 데가 없을 것 같은 지붕의 선처럼, 성악가의 노래를 따라 청중은 그 자리에서 우러러 보아야 할 음성이다.

　단소의 다섯 개 구멍을 모두 열면 태, 하나하나 막아가며 나오는 황, 무, 림, 중이 기본음이 된다. 틈이 날 때마다 연습할 요량으로 책상 한쪽에 단소와 단소 교본을 두고 내가 좋아하는

'물레' 나 '엄마야 누나야' 를 불었다. 단소 소리는 망설이고 후회하며 암담하고 때로는 안도의 한숨을 쉬는 바로 우리 내면의 소리 같아서 마음이 편안해진다.

생각해 보면 살아오는 동안 리코더 소리를 처음 들었던 날과 같던 기분은 간간이 있었다. 스스로에게 발견하는 생소한 모습에의 당황함. 느닷없는 막막함. 그것은 생업의 절박함과 같은 것은 아니지만, 왠지 내 존재가 휘청한 기분이었다. 그날, 제천역 리코더 소리의 애잔함에 내 감정이 얹혀, 허공 속에 스미는 음을 따라 내 기분도 사라졌다.

언젠가 다시 그런 기분이 들면, 이제는 내 소리를 듣는 것 같은 단소 소리를 들으며 끝이 없는 길을 갈 것이다.

# 안경을 찾으며

이젠 뭔가 읽어야 할 때 미간을 모으고도 잘 보이지 않아 돋보기가 필수품이 되었다. 외출할 때에도 가방에 반드시 돋보기를 챙겨야 한다. 온종일 사용하다 보니 식탁 혹은 차탁 등 놓는 곳이 일정하지 않아 여기저기 돋보기를 찾아다니는 일이 많아졌다. 안경을 벗은 후 그 위에 다른 물건이 놓여있으면 안경이 보이지 않아 여간 성가신 것이 아니다.

내가 안경을 찾을 때 혼잣말처럼 '이 조도품(助道品)이 어디 있지?'라며 중얼거린다. 불교에는 서른일곱 가지 깨달음의 지혜를 얻기 위한 실천방법을 37조도품이라고 한다. 선방에 다니는 선객(禪客) 스님들이 37조도품에서 '조도품'이란 말을 따

서 살짝 유머 삼아 쓰는 말이다.

조도품, 도를 도우는 물건. 선원에 고요히 앉아 참선을 하는 일은 각자의 건강상태에 따라 필요한 물건이 있기 마련이다. 그때 무릎이나 어깨를 덮는 덮개, 지압봉 등을 그렇게 부르곤 한다. 나는 글을 쓰는 것으로 수행을 삼는데 이젠 돋보기의 도움을 받아야 하니 이것도 조도품임에 틀림없다.

나도 한때는 눈이 몹시 좋아 주변 사람들의 부러움을 산 적이 있었다. 노안이 되기도 했지만 컴퓨터 모니터를 바라보며 글을 쓰면서 시력이 뚝 떨어졌다. 이젠 돋보기도 한 종류로는 해결되지 않아 독서용 돋보기뿐 아니라, 컴퓨터로 글을 쓸 때 사용하는 조금 멀리 보는 돋보기마저 있어야 한다. 어느새 난시도 심하게 되었다. 마치 오래 쓴 형광등이 불빛이 어둡기만 한 것이 아니라 깜박거리기까지 하는 것 같다. 사람의 몸은 자동차와 같으니 생로병사의 순환 고리 속에서 내가 사용하던 눈이라는 부품도 이렇게 낡아 가는 것이다.

돋보기를 찾을 때면 이런저런 생각이 스친다. 원시가 되어 버린 내 눈이, 늘 멀리 있는 것을 바라보다 정작 내게 가장 가까이 있던 것들은 잃어버릴 때가 많음을 깨우쳐 준다는 기분이 든다. 정상이던 눈이 이렇게 난시나 원시로 변한 것이 나이가 들면서 아집과 편견이나 고정관념을 버리지 못하는 내 정신을 보는 것 같다.

얼마 전, 포항에서 한 독자가 내비게이션에 주소를 찍어서 찾아왔다. 이야기를 나누던 중 나는 길을 잘 찾는 편이라서 내비게이션이 없다고 했다. 그분은 유머감각이 뛰어난 것 같았다.

'스님은 그러셔야지요. 도인인데'

'그렇지요. 저는 길을 가는 사람이지요.'

함께 자리한 사람들이 모두 즐겁게 웃었다.

이 세상의 모든 존재는 길 위에 있다. 그 길에서 마주치는 끊임없는 대상을 만난다. 때로는 사람과 풍경, 그 속에서 역시 쉼 없이 펼쳐지고 일어나는 일이 있다. 그럴 때 바른 눈으로 바로 보고 일을 해결해 나가는 것은 바로 성인의 경계이다. 우리가 선입견이나 고정관념이라는 이지러진 눈으로 세상을 볼 때, 바로잡아 볼 수 있는 안경은 바로 성현의 가르침이기도 하고 때로는 내면의 소리가 될 때도 있다. 한 개 한 개 늘어가는 안경과 그것을 어디에 두었는지 잊어 온 집 안을 찾아다니듯, 삶이란 길 위에서 바로 보기 위해 얼마나 애쓰는가에 대해 생각만 많은 사람, 또 생각해 본다.

# 분꽃나무

평소에 자주 다니는 뒷길에 매화가 필 무렵이면 그 곳에서만 보게 되는 꽃이 있다. 그 꽃이 피는 계절이면 일부러 그 길을 지나가곤 한다. 잎에는 애기 뺨에 난 솜털 같은 털이 있다. 꽃은 봉오리일 때는 분홍색이다가 필수록 흰색으로 변하며 가까이 다가서면 일년생 화초, 분꽃 향기가 난다. 사랑스러운 처녀가 신부가 되어 결혼식장에 들어설 때 뿜어 나오는 행복함을 꽃으로 보는 것 같다.

모르는 꽃을 보면 이름을 알고 싶어 책이나 인터넷에서 찾아내곤 한다. 이젠 남의 블로그나 카페에 올려놓은 꽃 사진 중에 이름을 모르겠다고 하거나 잘못 써 두면 가르쳐 줄 정도가 되었다. 그런데 그 나무 이름은 알 수 없었다.

올봄, 꽃집에서 마주쳐 몇 마디 이야기를 나눈 분이 마침 자기 집 정원의 박달나무에 하얀 꽃이 피어 한창이라고 했다. 만개한 가침박달 꽃을 구경하러 갔으나, 꽃이 진 나무를 보게 되었다. 그곳에서 몰랐던 그 나무의 이름을 알게 되었다. 꽃이나 나무를 알게 되는 것도 사람을 사귀게 되는 것과 같이 인연이 닿아야 하나보다.

분꽃나무.

분꽃나무는 우리나라 산에 있는 자생종 나무이다.

화원에 가서 사려고 분꽃나무를 말했더니 그 이름조차 아는 사람이 없었다. 어떤 곳에서는 내가 여름날 초저녁에 피는 분꽃을 나무로 잘못 말하는 것으로 착각하기도 했다. 여러 군데 수소문하여 내 방 앞에 심었더니, 아침마다 창을 열 때 제일 먼저 만나는 나무가 되었다.

얼마 전 분꽃나무 꽃이 피었던 무렵 그 나무와 같은 사람들을 만났다.

서울에 사는 지인(知人)이 친구로 보이는 세 사람과 찾아왔다. 한 사람은 지인의 선배 같았고, 두 사람은 나이 차이가 그리 많아 보이지도 않는데 지인과 선배에게 선생님이라고 불렀다. 내가 의아해하자 선생님이라고 부르던 두 사람이 까닭을 말해 주었다.

자신들은 공장에 다니며 야학에서 공부하여, 중학교 과정을 검정고시로 마치고 고등학교에 진학했다는 것이다. 두 사람은 그때 야학의 선생님들이었다. 이제는 선생님 대신 언니라고 부르라 하고 자신들도 마음으로는 그러고 싶지만, 쉽사리 언니란 말이 나오지 않는다고 했다. 그 후 30년 동안 만나오고 있어 이젠 서로 젊은 시절의 열정과 지금의 기쁨, 애환을 아는 좋은 친구가 되었다.

1970년대, 산업화가 시작되면서 많은 시골의 십대 청소년들은 초등학교를 마치고 도시로 나와 돈을 벌어 가난한 집안을 도왔다. 그 시절 뜻있는 대학생들은, 일을 마친 후 더 공부하고 싶은 이들을 위해 야학(夜學)을 열었다. 야학에서 공부했던 두 사람이 고생스러웠던 시절의 이야기를 거리낌 없이 하는 모습에서, 이젠 스스로 보람을 만들어 낸 사람의 표정을 읽을 수 있었다. 마치 척박한 곳에 떨어진 씨앗이 스스로 적응하고 살아 피운 꽃과 같았다.

공부를 가르쳤던 두 사람 역시 급변하던 시대를 살며, 조용히 자신의 노력을 보태어 더 나은 세상을 만들고자 지지대가 되어 주었다. 요즘 흔히 말하는 재능기부인 것이다.


수많은 삶의 숲 속에는 도시의 빌딩 앞에 서 있는 잘 키운 소나무나 주목, 영산홍 같이 알려진 인생이 있다. 산길을 걷다 나무나 풀숲에서 그윽한 향기를 풍기는 알려지지 않은 이름 모르는 들꽃 같은 삶도 있다.

창으로 새잎이 나고 있는 분꽃나무가 보이면 네 사람이 떠오른다. 어느 뒷길에서 보았던 잘 알려지지 않은 분꽃나무마냥 주변을 아름답게 만드는 사람들. 내년 봄이 되어 분꽃나무에 꽃망울이 맺히면, 사람의 숲에서 서로에게 향기로 어우러지고 있는 그 이름들을 혼자 불러볼 것 같다.

# 울타리가 없는 사람들의 모임

몇 사람이 담소를 나누는 자리였다. 한 사람이 '울타리가 없는 사람들의 모임' 이란 모임에 가입했던 적 있다고 했다. '아니, 그런 불가능에 가까운 거창한 모임이 있단 말이야!' 하는 생각을 하는 동안 그 다음 말을 다 들었다.

그 모임은 처음엔 친목도모처럼 잘 진행되었으나 기관의 보조금을 받고 돈이 조금 모이면서 바로 울타리가 생기더라는 것이었다. 그 말을 듣자마자 웃음이 터졌다. 아무도 웃지 않는데 웃음을 멈추지 못하는 내 모습을 보고 동석했던 다른 사람이 스님은 이 이야기가 그렇게 재미있느냐고 물었다. 웃음을 멈추지 못하던 실례에 스스로 무안하던 차 그 말을 듣고서야 겨우 그쳤다.

116

그 모임의 울타리는 집의 담장은 물론 아닐 것이다. 마음의 울타리를 말한 것인데 그러기 위해선 마음의 씀이 마치 광장과 같아야 한다. 광장이란 사람이 모이기 위한 장소여서 누군가 오는 것을 막는다는 것은 상상도 하지 않는다. 사람과의 관계로 치자면 모든 것과 소통되기 위해서 자신만이 옳다고 생각하는 독선이 없어야 하고, 나와 남을 나누는 분별심이 없어 각자 개개인의 다름을 받아들일 수 있어야 한다. 범부들에겐 그것이 어렵기에 나온 많은 속담도 있다. 제 이익만 챙기려 할 때 '아전인수(我田引水)'라고 한다던가, 제 생각만 옳다할 때 '남의 집 제사에 감 놔라 대추 놔라 한다'고 한다.

마음의 울타리가 없는 것은 불보살님, 일반인으론 성인의 경지이다. 그분들의 마음은 이미 나라고 하는 경계가 허물어져, 너와 나를 따로 나누지 않아 허공같이 텅 비어 있다. 그러므로 어느 누구나 마음만 먹으면 그 속에 들어갈 수 있는 것이다. 마치 광장에 누구나 갈 수 있는 것처럼.

그런 경지란 고요하게 스스로를 반조해야 할 일이지 모임을 만들어 친목활동 하는 것으로는 불가능한 일이다. 울타리가 없다는 말이 나올 때 벌써 울타리가 없다는 울타리를 만드는 형국이 되어 버린다. 내가 웃었던 것은 그 때문이었다. 차라리 어려운 사람을 도우기 위한 모임이었다면 효율적이었을 것이다.

물론 '울타리가 없는 사람들의 모임'은 울타리가 없고 싶어 만든 모임일 것이다. 그렇게 좋은 뜻도 돈 때문에 금방 깨져 버리니 마음의 울타리를 부수는 일은 얼마나 어려운 일인지. 며칠 후, 도반스님을 만났다. '울타리가 없는 사람들의 모임'에 가입했던 사람의 이야기를 해 주려 하는데, 도반스님도 그 이야기를 시작하기도 전에 웃음을 터뜨렸다.

그 이야기에 웃은 죄로 울타리란 말이 머릿속에 떠돌면서 울타리란 낱말이 세 번 나오는 시를 생각한다. 함민복 시인의 「섬」이란 시이다. 나는 그 시가 매우 가슴에 와 닿았다.

> 물 울타리를 둘렀다
> 울타리가 가장 낮다
> 울타리가 모두 길이다
>
> — 함민복의 시 「섬」 전문

모든 존재는 망망대해에 떠 있는 한 조각 섬처럼 외롭다. 섬을 둘러싼 바다는 우리가 뛰어넘기엔 불가항력의 장애물, 울타리가 된다. 그 울타리가 오히려 모든 존재가 살아가는 터전이 되고, 길이 되기도 하는 것을 아는 아름다운 영혼이 있다.

# 락스를 먹다

그림을 그리다 화선지에 먹물 얼룩을 만들었다

근묵자흑(近墨者黑)이라 하여 묵을 가까이 하면 손이나 옷에 묻기 마련이라지만

화선지에 묻혀서는 아니 될 일이다

순간

표구사에서 그림에 묻은 얼룩을 락스로 지운다는 말이 기억났다

급히 부엌으로 가서 커피 잔에 락스를 조금 따라와 솜으로 두드려 보았다

물감이 아니어서 지워지지 않았고,

시간이 흘러 무심코 그 잔에 생수를 부어 마셨다

앗! 락스!

그림을 그리다 문득 떠오르는 생각 한 자락
그 락스
뱃속에 지울 얼룩이 있어 나도 모르게 마셨나−

# 워낭소리

다큐멘터리 영화, 〈워낭소리〉를 보았다.

봉화 산골에 사는 팔순 할아버지와, 40살 된 소의 농사짓는 이야기였다. 소의 40년 세월은 사람으로 치면 100년이 넘는다고 한다.

워낭소리라는 제목 밑에 올드 파트너라고 쓰여 있었다. 어려서 침을 잘못 맞아 다리를 잘 쓰지 못하는 할아버지에게 소는 오랜 동반자였다. 농사일뿐 아니라 소달구지를 타고 병원에 가서 진료를 받는 동안 다른 차와 같이 주차장에 세워 둔 장면은 모든 관객의 웃음을 자아냈다.

절에도 영화에서와 같은 소의 일화가 있다. 계룡산 갑사나 제천 무암사 한갓진 곳에 소를 위한 소박한 부도가 있다. 절을

워낭소리와 다를 바 없는 삶이다.
모든 존재는 죽어서야 멍에를 벗는 소와 같이 숨을 거두는 날에야
스스로 움직여야 하는 짐을 벗으리라.

짓는데 흙과 돌을 나르다가 죽은 소를 위한 고마움의 표식이다.

나는 영화를 보는 내내 육신을 가진 존재의 운명을 생각했다. 씨를 뿌릴 때가 되어 밭을 기면서 흙투성이가 되어 일을 하는 할아버지나 곧 쓰러질 듯하면서도 함께 멍에를 지고 일을 하는 늙은 소는, 부리는 편이나 부림을 받는 위치를 떠나 있었다. 모든 존재는 제 몫의 일을 하며, 오직 자신의 삶을 살고 있었다.

영화를 보는 동안 편리한 농기구를 사용하지 않는 할아버지가 변하는 시대를 읽지 못하는 것은 아닌가 생각하기도 했다. 기계로 거두면 낱알이 많이 떨어져서 낫으로 한다는 할아버지의 말을 듣고 비로소 알았다. 지금 우리가 누리는 물질의 풍요는 바로 윗세대가 힘든 노동을 몸으로 치르고 이룬 것임을 말이다.

할아버지에게 소를 먹이기 위해 꼴을 베는 일이 점점 버거워졌다. 그것을 아는 가족들의 성화에 못 이겨 소를 팔기로 했다. 소는 팔러 가는 것을 아는지 울었다. 소를 팔러 간 시장에서 소의 나이를 알게 된 사람들에게 웃음을 샀다. 할아버지는 생각했던 소 값을 받을 수 없어 소와 함께 돌아왔다. 봉급자에게 때로는 봉급의 액수가 자존심일 때가 있는 것처럼, 할아버지가 말한 소 값은 자신의 파트너에 대해 느끼는 당신만의 가치였다.

소를 보며 사람 역시 다를 바 없는 존재의 현실을 보았다. 소는 삼십 년을 더불어 일을 하며 살았지만 먹이기 힘들거나 돈이 필요하면 팔리게 된다. 세상의 모든 부모도 소와 다름없이 자식에게 당신들의 전부를 바쳤지만, 모실 수 없는 형편이 되면 양로원이나 노인병원에서 여생을 보내야 한다. 이젠 함께 살지 않는다 하여 불효라고 하지도 않는 시대이다. 우리의 모습을 보는 듯했다.

옛사람들의 꿈에 소가 나타나면 조상이 보이는 것이라 꿈풀이를 했다. 나는 그 해몽의 의미를 몰랐다. 지금은 경운기로 일을 하고, 소는 먹기 위해서만 키운다. 그러나 얼마 전만 해도 영화와 같은 시절이 있었다. 모든 농가에서 소가 큰 일꾼이 되어 자식들을 공부시켰고, 살림의 목돈이 되었다. 영화를 보는 동안 소의 역할이 우리 삶의 밑받침이 되는 것을 알고, 바로 조상과 동일시했던 것임을 알았다.

세상의 모든 생명은 소가 아니어도 죽을 때까지 일을 해야 한다. 시장의 난전에서 여름의 땡볕과 겨울 찬바람 속에 채소나 생선을 파는 사람들. 지하철에서 신문을 수거하는 노인들. 하루 종일 식당에서 무거운 사기그릇을 나르거나 설거지를 하는 여인들. 바쁘게 시동을 걸고 출근하는 직장인. 워낭소리와 다를 바 없는 삶이다. 나 역시 일로 인해 힘들어 허무할 때도 있으며 기쁨과 보람을 느낄 때도 있다.

문명이 발달할수록 우리는 육신으로 하는 일은 하지 않으려한다. 대신 운동을 일삼아 땀을 흘린다. 모든 존재는 죽어서야 멍에를 벗는 소와 같이 숨을 거두는 날에야 스스로 움직여야하는 짐을 벗으리라. 워낭소리는 생명이 있는 존재의 삶은 곧일이라는 것을 보여 주었다.

# 검정 고무신

민화를 그리는 모임에서 검정 고무신을 주문했다. 내게도 주문하라기에 고무신은 인체공학적으로 맞지 않아 싫다고 했다. 고무신은 체중을 받치는 완충재가 없어 관절에 무리가 올 수도 있다. 그래도 뒷밭 지심을 매러 갈 때 신을까 하고 두 켤레 샀다. 내게 꽃신이 어울릴 턱이 없기에 고무신에 그림을 그릴 마음은 조금도 없었다.

사람들은 여름 물놀이를 갈 때 신을 것이라며 가족들의 몫까지 그리느라 서너 켤레씩이나 그리고 있었다. 까만 고무신의 콧등에 자잘한 들꽃을 그리니 평범하던 신발이 아주 새롭게 보였다. 그중 한 사람이 남편이 신을 신발에 꽃은 어울리지 않는다고 걱정하기에 내가 난초를 죽 벋은 푸른 잎과 꽃으로 단순

126

하게 그려 주었다. 그 참에 내 고무신에도 그림을 그리게 되었다.

그 후, 우리 절에 와서 댓돌에 놓인 고무신을 본 사람들의 성화에 몇 켤레나 그림을 그렸는지 모른다. 그냥 검정 고무신이 있었다면 아무도 눈여겨보지 않았을 것이다. 물감으로 점을 꼭꼭 찍어 꽃신을 만들었더니 관심을 끌게 된 것이다.


신발.

어린 시절, 이해되지 않는 풍경이 있었다. 어머니는 길을 가다가 버려진 신발 한 짝이 엎어져 있으면 반드시 바로 놓고 가시는 것이었다. 그 신발이 매우 더럽거나 젖어 있으면 주위의 나뭇가지를 주워서라도 바로 놓으셨다. 내가 왜 그러냐고 물으니 신발은 뒤집어져 있으면 안 되기 때문이라고 답하셨다. 훗날 어른이 되어 읽게 된 조선시대 학자 이덕무가 남긴 『사소절(士小節)』에도 길을 가다기 신발이 엎어져 있거든 바로 놓으라는 구절이 있었다. 어머니의 그 행동은 그 당시 사람들에겐 상식이었던 것이다.

신발은 우리의 미래를 뜻한다. 다른 남자를 만난 옛 연인을 보고 고무신 바꿔 신었다고 하는 비유도 있지 않은가. 삶에 대한 새로운 결심을 할 때 신발 끈을 조여 맨다고 하듯, 누구나 살면서 어디론가 갈 때 신을 신는다.

신발을 가지런히 벗어 둔 것은 자신의 삶에 대한 마음가짐을 보여 주는 부분이기도 하다. 절집에 신발을 가지런히 벗어둔 댓돌은 사진작가의 좋은 소재가 되기도 한다.

신문에서 어느 도둑이 한 말을 읽었다. 경찰이 오랫동안 잡히지 않은 비결을 물었더니 현관의 신발이 가지런한 집엔 들어가지 않았다고 했다.

지금도 길을 가다가 버려진 신발을 보게 될 때, 어머니가 신발을 바로 놓던 모습과 옛사람들의 가르침에 대해 생각할 때가 있다. 차도에 엎어진 신발 한 짝을 볼 때, 혹시 사고의 흔적은 아닐까 걱정이 되면 그 마음을 짐작하게 된다. 엎어진 신발마냥 혹시 삶에서 호되게 엎어졌을지 모를 어느 인생이 평안하기를 빌었던 생활 속의 기도였을 것이다. 존재에 대한 애경의 심정보다 더한 기도가 어디 있을까.

이 시대 검정 고무신은 절집의 스님들, 농사짓는 사람에게나 필요한 신이다. 그런 신발임에도 꽃 몇 송이 그려진 것 때문에 좋아하는 것을 보면서 나는 가만히 축원한다.

'이 신을 신은 사람이 디디는 발자국에는 신발처럼 꽃이 피어나지이다.'

# 안개바위

음력 섣달 보름 날, 무암사(霧巖寺)에 갔다.

충주에서 청풍호를 따라 제천으로 가는 길목 산 중턱에 있는 절
이다. 사실 무암사에 가고 싶었던 것은 부처님께 참배할 겸, 그곳
으로 가는 길이 좋아서였다. 충주에서 청풍호수를 끼고 제천으로
가는 길에는 내륙의 산이 높고 깊으며 산모롱이를 돌 때마다 호
수가 보인다. 자연이 계절마다 만드는 산색과 물빛이 아름답다.

봄이면 잔잔한 물결이 이는 호수 끼고 도는 길의 월악산 연
록 빛 새순, 벚꽃 가로수.

여름에 비가 오면 피어나는 물안개와 어우러지는 산의 녹음.

가을이 되어 마른 바람에 단풍이 물드는 산자락으로 언뜻언
뜻 보이는 가슴이 서늘해지는 푸른 호수.

안개바위 같은 사람도 있다.
평소에는 드러나지 않고 묵묵히 제 할 일을 다 하다가,
스스로에게나 자신이 속한 곳이 어려움에 처하면
의연하게 대처하는 사람이다.

내가 가던 날은 음력 섣달 보름이어서 겨울의 한가운데이다. 찬 기운에 얼어붙을 것 같은 호수와 한껏 부피를 줄인 겨울나무, 그 속에 숨어있는 봄기운.

무암사는 우리말로 안개바위 절이다. 주지스님에게 안개바위에 대한 이야기를 들었다.

절 마당에서 바라보이는 산에 높이 5미터, 둘레 3미터 바위가 있는데 마치 노승이 서 있는 형상이다. 모든 사물은 안개가 끼면 드러나지 않지만, 그 바위는 평소 짙은 숲에 가려 잘 보이지 않다가 산이 안개에 싸이면 보이게 되어 사람들이 안개바위라 부른다고 했다.

무암사에 다녀온 후, 안개바위가 우리가 바라는 사람됨의 모습인 것 같아 잊히지 않았다.

안개바위 같은 사람도 있다.

평소에는 드러나지 않고 묵묵히 제 할 일을 다 하다가, 스스로에게나 자신이 속한 곳이 어려움에 처하면 의연하게 대처하는 사람이다.

대부분 직업이나 학벌, 경제력과 친지 등 둘러싼 외부의 조건 때문에 빛나기도 초라해지기도 한다. 오직 스스로의 인품과 능력으로 안개바위마냥 우뚝 드러날 수 있을지 생각해 보았다.

열린 눈으로 보면 삼라만상이 진리를 보여 준다고 한다, 안개바위처럼.

# 타임캡슐

묵은 사진 상자를 열었더니
1965년, 봄 소풍을 온 네 아이들 틈에
한낮의 햇빛으로 눈을 찡그리고 웃고 있는 아이
웃는 것이 숙제인 듯한 표정이다
앞에 있던 선생님께서 웃으라고 했나 보다

1984년 여름, 하회마을 솟을대문 앞
모시 한복을 입은 중년의 여인이
양산을 쓰고 나를 바라본다
다시 볼 수 없는, 이 세상을 떠난 스승님

여러 사람이 하던 여행 중
단체사진에는 유독 한 사람이 늘 내 옆에 서 있다
참 이상하다, 왜 그때는 몰랐을까

사진
언제나 변함없을 듯하여 소중한 줄 몰랐던
모래같이 흩어지는 웃음과 인연이 저장된
타임캡슐이었다

# 고마운 법칙

비만이 만병의 근원이라는 것을 알게 되면서 체중조절은 남녀노소 모두의 일이 되었다. 특히 젊은 여성들에게 다이어트에 대한 강박증은 2세를 낳아야 하는 역할에도 문제가 되는 지경에 이르렀다.

나 역시 체중의 눈치를 늘 보고 살아야 한다. 숫자라면 몇 년을 타고 다니는 차 번호도 잘 외우지 못하면서 음식의 칼로리만은 외우고 계산을 하며 먹는다. 그래도 과체중이니 안타깝다. 그렇다면 물론 소모한 양보다 많이 먹은 탓이다.

젊은 시절 날씬하던 사람도 나이가 들면 잠시 방심하는 사이 군살이 붙어 넉넉한 항아리 모양으로 변해 간다. 처음부터 이렇지 않았다는 변명이고 나이가 들면 호르몬 때문인 것도 분명

하지만, 그렇다고 달라지는 것은 아니다.

몸은 거짓말을 하지 않는다더니 예외도 있다.

하루 종일 먹을 것만 생각하고, 그래서 많이 먹는 내 또래 여성이 있다. 그런데 그 사람은 늘 날씬하다. 같이 운동하는 사람들까지 부러워하는 지경이라고 한다. 그 여성의 딸에게 네 엄마가 부럽다고 했더니 간단명료한 답을 해 준다. '부러우면 뭐해요. 그 몸은 내가 아닌데요. 내 몸에 맞게 노력해야죠.'

특출한 재능과 좋은 집안, 부까지 물려받은 사람을 보면 요즈음 사람들은 금 수저를 들고 태어났다고 부러워한다. 그런 말을 들을 때면 '부러우면 뭐해요. 그 몸은 내가 아닌데요. 내 몸에 맞게 노력해야죠.' 란 말이 바로 떠오른다. 그 아이는 제 말에 빚지지 않게 노력하는 아이다.

맛있는 음식을 앞에 두고 그만 먹어야 할 때 말도 안 되는 소리를 해 본다.

"많이 먹을수록 살이 빠지면 좋겠다."

내가 해 놓고도 그 바보 같음에 혼자 실소를 터뜨린다. 실제로 그렇다면 부자들이 얼마나 많이 먹겠는가. 그럼 나 같은 사람은 먹지 못해 공룡처럼 크게 되고, 공룡이 도태되었듯 나 역시 도태되고 말 것이다.

먹으면 살이 찌는 이 법칙 앞에서 그마나 내게도 양식이 돌아오는 것을—

내 몸을 보면서 우리 스스로 살아내기 위해 만들어 온 진화의 고마운 법칙을 생각해 본다.

# 삶의 푸른 잎

　사람들은 수행하기 위해서 불가에 출가한다. 그런데 막상 와 보니 절에는 도(道)를 닦는 일과 관계없는 일이 많았다. 밭에 감자를 캐면 부각거리를 만드느라 분주했고, 떡이 필요하면 쑥을 뜯어 쑥개떡을 만드느라 부산스러웠다. 우리 새 중들은 수행보다 생활의 지엽적인 일에 매달리는 것 같아 '내가 어른스님이 되면 절대 하지 않을 일' 중에 하나로 꼽곤 했다.

　감자부각은 감자를 저장하는 수단이다. 지금 생각해 보면 깊은 산중에서 꼭 필요한 일이다. 쑥개떡은 그때만 해도 방앗간은 멀고 차가 없는 절에서 자체적으로 만들 수 있는 가장 적당한 음식이었다.

책에서 「일일초」라는 시를 읽었다.

오늘도 한 가지
슬픈 일이 있었다
오늘도 또 한 가지
기쁜 일이 있었다
웃었다가 울었다가
희망했다가 포기했다가
미워했다가 사랑했다가
그리고 이런 하나하나의 일들을
부드럽게 감싸주는
헤아릴 수 없이 많은
평범한 일들이 있었다

– 호시노 도미히로

이 시를 처음 보았을 때, 내가 지겨워했던 감자부각 같은 일과 함께 꽃꽂이가 떠올랐다.

꽃꽂이는 꽃과 잎으로 공간을 채우고 비워서 만드는 아름다움이다. 꽃꽂이를 하려면 먼저 주제가 되는 꽃과 그 꽃에 어울리는 부(副)소재를 골라야 한다. 손쉬운 부소재는 편백이나 소철, 쥐똥나무 가지 등이다. 살아있는 나무의 푸른 잎은 탄소동

화작용으로 중요하고, 꽃꽂이에서 꽃을 돋보이게 하는데 절대적으로 필요한 것이다.

꽃 사이에 푸른 잎이 있어야 부드럽게 연결되어 눈길에 여유가 생긴다. 흔히 보는 꽃 한 송이도 적당한 잎과 어우러지면 특별하게 보인다. 특히 화려한 꽃일수록 잎이 받쳐주지 않으면 처음에는 꽃의 환한 색깔과 아름다움에 매혹되지만 보면 볼수록 무엇인가 부족함을 느낀다.

출가한 지 얼마 되지 않았던 새 중 시절, 절에 꽃이 생기면 꽃꽂이를 조금 아는 내가 하게 되었다. 사제(師弟)스님들이 도와준다지만, 꽃이 많으면 거의 노동이다. 그 당시 내 위치에선 해야 할 일과 배워야 할 것이 많아 늘 시간이 모자라고 피곤했다. 하지만 꽃꽂이를 모르는 어른스님들 눈에는 꽃꽂이가 일처럼 보이지 않았다. 자연히 모든 일을 끝내고 해야 하므로 귀찮을 때도 있었다. 게다가 사람들은 꽃을 한 아름 사 오면서 함께 꽂아야 할 부소재는 살 줄 몰랐으므로 적당한 잎을 찾으러 다니기까지 해야만 했다. 그럴 때 꽃꽂이에 푸른 잎이 있어야 하듯, 자신의 이상(理想)을 이루는 데에도 함께 해야 할 일상의 일은 늘 따라 다닌다고 마음을 달래곤 했다. 그러나 쑥개떡을 만드는 일도 꽃꽂이의 푸른 잎과 같다는 생각은 못했다.

이제는 내가 하기 싫으면 안 해도 되는 혼자의 삶이다. 하지만 쑥개떡이나 꽃꽂이가 아닌 또 다른 일이 기다리는 것을 보면, 살아가면서 일상의 소소한 일을 벗어날 수 없음을 깨달는다. 그때는 몰랐지만, 몹시 격한 슬픔이나 고통과 부딪히면 그런 일상의 소소한 일 속에서 오히려 몸과 마음을 진정할 수 있었다. 호시노 도미히로의 시 「일일초」는 그런 내 마음을 쓴 것 같아서 마음에 와 닿았던 것이다.

산다는 것은 평생 꽃과 잎을 꽂아 가는 꽃꽂이와 같다. 세상의 눈에 띄지 않는 '헤아릴 수 없이 많은' 푸른 잎이 꽃을 피우듯, 일상의 평범한 일을 통해 자신이 원하는 모습을 만들어 가는 것이다. 그런 소소한 일을 하면서 소모하는 시간을 생각하며 오히려 가야 할 길을 일깨우기도 한다.

초여름 햇살 아래 초록색 둥근 잎과 어우러진 주홍색 한련꽃이 더욱 빛난다.

# 별

파란색 가로등은 별을 보는 것 같다.

근래 암자 아랫동네에 아파트가 많이 들어서면서 새로 생긴 차도에 설치한 가로등의 파란 불빛이 마음에 들었다. 어느 날 운전을 하다 보니 어린 시절 '내 별'이라 했던 별빛과 닮은 것이 기억났다. 이제 별은 밤도 낮처럼 만드는 전깃불에 빛을 잃었고, 우리는 밤이면 텔레비전을 보느라 하늘 볼 일이 없어 별은 점점 잊혀간다.

가로등을 보며 옛 마당의 별을 생각한다.

여름밤에 더위를 피하여 마당에 있는 평상에 드러누워 '내 별'을 정할 때. 큰 별보다 아득히 멀어 보이는 작은 별이, 금빛

보다 파란별이 마음에 들었다. 하지만 내 별은 다음날 밤이 되면 넓은 하늘에서 찾을 수 없었다. 나는 철없던 시절에 마음대로 정하는 별조차 아득한 것을 고르듯, 늘 힘에 닿지 않는 꿈을 꾸고 먼 곳으로 떠나게 되는 친구를 사귀어 애를 태웠다.

어머니는 산에서 길을 잃으면 북쪽을 알 수 있다는 북극성을 가르쳐 주셨다. 내가 정한 '내 별'만 못 찾는 것이 아니었다. 어머니가 가리키는 손가락 끝에는 너무 많은 별이 있어 끝내 북극성의 위치를 찾지 못했다. 북극성을 못 배웠듯, 어른이 되어서는 사는 일의 요령을 아는 데도 늘 어둡다.

과학이 상식이 되면서, 별빛이 지구에 닿기까지 몇 광년의 시간이 걸린다고 말하는 사람을 만나곤 한다. 별빛이 내 눈에 비치기까지 걸린 천문학적인 그 긴 시간을 알게 되는 것은 자연을 새로운 마음으로 보게 해 준다. 하지만 곁에 있는 사람과 만나게 된 시간은 생각하지 않으니 소중함과 고마움을 잊곤 한다.

어린 시절의 '내 별'을 잊고 산 지 오래된 지금, 집으로 들어오는 길목에 별빛을 닮은 가로등을 보며 가까이에 있는 사람들을 떠올려본다. 모든 존재는 저마다 한 나라와 다름없는 역사를 만들며 살고, 서로 어우러져 밤하늘에 오리온이나 카시오페이아 같은 별자리를 만드는 것이었다.

어려서 별을 경이롭게 바라보던 마음으로 이젠 내 곁을 스치는 사람을 별처럼 대하고 싶다.

# 인어공주의
## 길

# 인어공주의 길

　나는 안데르센의 동화 『인어공주』를 몹시 좋아한다. 내가 인어공주에 대해 운을 떼면 대부분 사람들은 초등학교 시절에 읽었다고 한다. 왕자를 사랑하여 인간 세상으로 왔으나 물거품이 된 공주의 이야기로 기억하는 정도였다. 인어공주는 그렇게 단순한 이야기가 아니다.

　출가하여 조사스님들의 말씀 속에서 위법망구(爲法忘軀)라는 뜻을 처음으로 배웠을 때, '인어공주'가 생각났다. 위법망구는 도를 얻기 위하여 몸을 버리라는 뜻이다. 인어공주야말로 영혼을 가지기 위해 위법망구의 길을 스스로 택했다. 어린 시절에는 몰랐던 구도자 이야기였다.

인어공주는 어릴 때부터 언니들과는 달리 할머니께 듣는 인간 세계 이야기를 좋아했다. 인어공주가 처음으로 바다 위 세상으로 여행 갔던 날, 인간 세상의 왕자가 물에 빠진 것을 보았다. 왕자를 구하고 돌아온 후 공주의 인간 세상에 대한 관심은 더욱 깊어져 갔다. 그것은 다른 세계에 대한 관심이다. 그것이 없이 무엇을 시작하겠는가.

할머니는 공주의 마음을 돌리기 위해 애썼다. 인간에게는 영혼이 있으나 100년밖에 살지 못하고, 인어에게는 영혼은 없으나 300년 동안 행복하게 살 수 있다는 보장된 미래로 달래보지만 공주의 마음을 바꿀 수 없었다. 인어가 영혼을 가지려면 오직 인간과의 결혼으로 얻을 수 있다는 불가능한 방법도 말해 주었다. 그때 공주는 이렇게 말했다.

"단 하루라도 인간이 되어 하늘나라에 갈 수 있다면 저는 기꺼이 제 목숨과 바꾸겠어요."

"나는 영혼을 얻기 위해서라면 무엇이든 다 할 거야."

나는 이 대답이 공자의 '아침에 도를 얻으면, 저녁에 죽어도 좋다.'라는 말과 같이 들렸다.

공주는 왕자를 만나기 위해 꼬리를 인간의 다리로 바꿔 준다는 마녀를 찾아갔다. 마녀는 공주에게 꼬리를 다리로 바꾼 후에는 디딜 때마다 바늘을 밟는 것 같은 고통을 참아야 할 것이며, 왕자와 결혼하지 못하면 물거품이 될 것이라고 했다. 꼬리를 다리로 바꾸는 값을 인어나라에서 가장 아름다운 공주의 목

147

소리로 받기 위해 혀를 달라고 했다. 어린 시절 이 대목이 어찌나 안타깝고 내 가슴을 졸이게 했던지-

어느 누구나 꿈을 이루기 위해서 하는 일은 그와 같았다. 확실한 보장은 없고, 실패하면 재기할 수 없는 경우도 있다.

내게 출가라는 것도 '깨달음'이라는 꿈을 이루기 위해 택했던 인어공주의 결심과 같았다. 가족과의 이별과 삭발. 평생의 독신과 생활의 많은 제약. 젊은 시절에는 남과 다른 길을 간다는 것에 큰 결단이 필요하다. 벌과 군(軍)과 승가의 법은 같다고 하는 절집의 엄격한 서열. 몸에 익지 않은 노동에 가까운 일. 모든 것이 예상했던 것보다 더 힘들었다. 그럴 때마다 인어공주가 발을 디딜 때마다 느꼈을 고통과 같다고 생각했다.

인어공주가 왕자의 목숨을 구했으나 벙어리가 되어 모든 사실을 밝힐 수 없었듯, 우리의 사는 일도 그렇다. 하물며 승가란 유별난 개성을 가진 사람들이 성불(成佛)이라는 한 가지 목적으로 모여 사는 곳이다. 인욕(忍辱), 하심(下心)이라는 이름의 수행으로 억울하지만 밝힐 수 없는 일은 수시로 있었다.

왕자가 자신을 구해준 사람이 인어공주라는 것을 모른 채 다른 나라 공주와 결혼식을 한 날 밤. 다음 날 아침이면 물거품이 될 인어공주에게 언니들이 찾아와 다시 인어가 될 수 있는 칼을 주었다. 해가 뜨기 전까지 잠든 왕자의 심장에 칼을 꽂아 그

피로 발을 적시면 된다는 것이었다. 인어공주는 침대 위에서 신부와 평화롭게 잠든 왕자의 모습을 본 후, 바다에 칼을 던지고 물거품이 되기를 택했다. 공주가 물거품이 될지언정 왕자를 죽이지 않은 것은 더 나은 데로 나아가고자 했던 자신에 대해 스스로 책임지는 성숙한 정신이었다.

마녀는 해가 뜨면 물거품이 된다고 했지만 인어공주는 죽음을 느끼지 못하고 몸이 가벼워지는 것을 느꼈다. 그 순간 곁에서 하는 말소리가 들렸다. '인어공주님이 영혼을 얻기 위해 고통을 겪으며 온 마음을 다했던 노력이 공기의 정령으로 끌어올렸어요. 공기의 정령도 영혼이 없지만 300년 동안 착한 일을 하면 스스로 영혼을 만들 수는 있어요.'

인어공주는 영혼을 만들 수 있다는 말을 듣고 바람이 되어 기쁘게 허공을 날아간다. 세상의 수많은 동화와 소설 중에 이 결미 때문에 인어공주를 가장 좋아한다.

인어공주가 왕자와 결혼하려 했던 것은, 사랑이 아니라 영원한 생명을 얻기 위해 모든 것을 건 노력이었다. 인어공주가 영혼을 가지려 한 것처럼 나는 깨달음을 바랐다. 인어공주가 왕자를 통해 영혼을 얻으려 하듯, 나도 깨달음을 내 안에서 찾으려 하지 않을 때가 있었다. 그 방법이 스승이나 경전, 어느 때는 무엇인가에 대한 배움이기도 했다. 오랜 시간을 보내고서야 인어공주처럼 스스로 만드는 것임을 알게 되었다.

인어공주가 목소리를 버리고 바늘을 딛는 것 같은 고통의 걸음을 선택한 것은 중생심을 버리려는 수행이었다. 공기의 요정이 되는 것은 깨달음을 구하려는 마음조차 버린다는 뜻이다.

조사스님들은 깨달음은 깨달음을 얻고 싶은 마음도 버릴 때 바른 길에 들어선다고 간곡하게 당부한다. 출가하는 것으로 세속의 생활을 버렸지만, 성불하고자 함은 버릴 줄 몰랐다. 흔히 욕심을 버린다고 하지만 버렸다는 생각도 버렸을 때 진정한 버림이 된다. 마음 씀이 물감을 칠하려 해도 칠할 수 없고, 칼로 베려 하여도 벨 수 없는 허공과 같이 되는 것이 진정한 버림이다.

나 역시 출가했다 하여 깨달음이 얻어지는 것은 아니었지만, 그렇다고 후회하지는 않는다. 동화와 같이 내가 가야 할 모습을 본다.

# 참을 인(忍)과 압력솥

얼마 전 컴퓨터를 열었더니 참을 인(忍)이 세 개면 병을 부른다는 기사가 보였다.

'참을 인(忍) 세 개면 살인도 면한다' 던 옛 속담과는 정반대의 말이다.

그 시절에는 대가족으로 살며 농사를 주업으로 했기에 온종일 어우러져 살았다. 그런 환경에서 하고 싶은 말을 모두 한다면 하루도 조용한 날이 없었을 것이다.

요즈음 나온 말도 일리가 있어, 화를 참다가 생기는 화병(火病)은 세계에서 우리나라 여성에게만 있어 연구대상이라고 한다. 반면 감정 표현을 자유롭게 하는 서양인에겐 심장 질환이 많다는 기사도 읽었다. 그것을 보면 화란 참아도, 참지 않아도 문제는 있기 마찬가지다.

요즈음 흔한 질병 중 하나인 갑상선 질환도 한방에서는 화병 중의 하나라고 한다. 주로 여성에게 많다는데, 이젠 주변의 남자들도 더러 걸린 것을 보면 누구나 참아야 살 수 있는 시대가 되었나 보다.

화병이 나지 않는 가장 좋은 방법은 어떤 상황이 와도 받아들일 수 있는 성숙한 심성이 되는 것이지만, 말처럼 쉬운 일이 아니다. 마음속의 억울함이나 분노와 같은 부정적인 요소는 이해해줄 만한 사람과의 대화를 통해 푸는 것도 좋은 방법이다. 우리가 친함을 표현할 때, '그 집 숟가락이 몇 개인지도 다 안다'고 한다. 우리나라 사람이 미국이나 유럽 사람들만큼 정신과에 가지 않아도 되는 것은 이렇게 서로 남의 이야기를 들어주는 덕목 때문이라는 말을 들었다.

내가 하는 일 중에는 다른 사람의 하소연을 들어 주는 일도 있다.

하소연은 다른 사람에 대한 비방이나 원망이라기보다 괴로움을 만들던 원인을 스스로 찾고, 받아들이려는 노력이기도 하다. 자신을 괴롭히던 상황이 해결되고 나면 누구나 저절로 하소연을 그만 하게 된다.

내게 와서 하소연을 다 하고 나면 사람들은 또 이런 걱정을 한다.

"이렇게 불만을 말하면서 참은 것이 무슨 소용이 있겠어요."

아무 말도 하지 않고 마음속에서 모두 삭일 수 있다면 얼마나 좋을까마는 사람 사는 일이 어찌 그리할 수만 있겠는가.

아무리 노력해도 내 마음 같지 않게 돌아가는 일.

서로 좁힐 수 없을 만큼 다른 가치관으로 어긋나는 감정.

나는 그 모든 것을 묵묵히 참아내는 것만이 진정한 인내라고 생각하지 않는다. 여리고 어진 성품이기에 참기 어려움을 말한 뒤에 자신을 돌아볼 수 있는 것이다. 그런 말을 들을 때면 나는 정색을 하고 이렇게 대답한다.

"압력솥은 추가 돌면서 김이 조금씩 빠지지 않으면 큰 사고가 나요. 나한테 하는 이 이야기는 폭발하지 않으려고 김 빼는 소린 줄 다 알아요."

특히 다른 사람과의 불화를 이야기했을 경우, 이 말이 위로가 되는 것을 본다.


압력솥에 추가 돌 때, 적당히 김을 빼주는 구멍이 막히면 그 힘이 결국 터져 나와 천장도 부술 정도의 무서운 위력이 된다. 우리가 참는 것도 압력솥이 끓으면서 빠지는 김만큼은 마음 속 화를 드러내며 해야 한다는 생각이다. 내게 와서 하는 사람들의 하소연이 바로 압력솥이 터지지 않을 만큼 빠져 나오는 김인 것이다. 억울하게 생각되는 자신의 처지를 말할 곳이 아무데도 없거나, 표현하지 않으면 결국 터져 나올 수밖에 없다. 그

것이 마음이나 육신의 병이 되고 보면, 훌륭한 인내심을 가지라고 권할 것은 아니라고 본다.

참는 것이 병을 부른다지만, 다른 사람을 다치지 않게 하기 위해서 참지 않고 살 수도 없다. 속마음을 드러낸 한마디로 상대방의 마음에 치유할 수 없는 상처를 주고, 좋던 사이에 틈이 나기도 한다.

압력솥에 추가 돌아가는 소리를 들으며 생각한다.

내게는 병이 되지 않고 상대방에게는 아픔이 되지 않는 김 빼기의 정도는 대체 얼마쯤일까.

어떤 마음을 가져야 압력솥으로 지은 밥같이 서로 찰기 있는 관계를 만들 수 있을까.

# 낮달

초여름 오전 8시 32분, 고속버스 차창에 하현달을 보았다
지난밤, 잠결에서도 했던 생각의 한 조각 같아
저 달이 언제쯤 사라질까 궁금했다

오전 9시 24분, 버스에서 내리기 얼마 전 다시 달을 보았지만
저녁이 되어서야 달이 생각났다
하루를 사는 것은 네 바퀴가 돌아가면서 달리는 차와 같아
눈 돌릴 틈이 없었기 때문이었다
왠지 쓸쓸했다

어떤 일을 겪을 때,

기쁨과 슬픔, 때로는 질투, 달팽이 뿔 같은 희망, 한동안 헤어나지 못하는 좌절

그럴 때엔 늘 나를 바로 보려 했지만

감정의 소용돌이에서 그 생각을 잊고 말았다

마치 달이 사라지는 것을 보려 했다가 잊은 것이

그때를 보는 것 같았기 때문에 씁쓸했던 것이다

# 계율만큼 무서운 말

내가 출가한 지 칠 년째 되던 해였다. 가깝게 지내는 보살님의 차를 타고 서울 강남을 지나가고 있었다.

다섯 살이던 수민이 길 저편을 가리키며 저기 절이 있다고 반가워하며 큰 소리로 말했다. 손이 향한 곳에는 중국풍으로 지어 기와를 올리고 붉은 단청으로 꾸민 큰 중국음식점이었다. 나는 아이의 뜻밖의 말에 무심히 웃는데 수민 엄마는 아이가 그런 말을 하게 된 까닭을 덧붙였다.

여름휴가 때, 수민은 팔공산에 있는 절을 보고 난 뒤부터 큰 기와집을 보면 절이라고 한다는 것이었다. 이 길을 지나칠 때마다 저 집을 절이라고 하여, 중국음식점이라고 매번 가르쳐 줘도 제 생각대로 말한다고 했다.

그 말을 듣고 함께 타고 있던 수민의 외할머니가 마침 점심 시간도 되었으므로, 수민에게 절이 아닌 것도 보여 줄 겸 그 식당에 가자고 하셨다.

우리는 차를 돌려 중국음식점으로 갔다. 주차 요원까지 있는 식당 안은 넓었다.

자장면을 먹으며 수민 엄마가 딸에게 물었다.

"중국집 맞지?"

입가에 자장을 묻힌 수민이 고개를 살래살래 저으며 말했다.

"아니에요, 절 맞아요."

"저기 봐. 사람들이 모두 자장면 먹고 있잖아."

수민이 안타까운 듯 나를 가리키며 제 엄마에게 가르쳐 주었다.

"절이에요, 여기 스님이 있잖아요. 스님이 있으니까 절 맞아요."

수민 엄마는 이층에 있는 동네 중국집만 봐서 도저히 교육이 안 된다며 웃었다.

모녀의 대화를 듣던 수민의 외할머니가 딸을 향해 한마디 하셨다.

"너보다 낫다. 수민아 네 말이 맞다. 스님이 계시면 어디나 절이다."

수민의 외할머니와 외손녀의 말은 내가 부처님 앞에서 받은 계율만큼 무서운 말이었다.

어른스님들은 갓 출가한 우리들에게 수행자다운 생각을 하지 못할 때는 머리를 만져 보라고 하셨다. 처음 삭발할 때의 뜻과, 자신의 위치를 잊지 말라는 뜻이다.

그날의 대화가 떠오르면, 할머니와 손녀의 태산 같은 믿음 앞에 모자라는 내가 걱정스럽다.

# 초라한 꿈

우리 암자에 온 손님이 드라마, '선덕여왕'을 꼭 봐야 한다기에 대접삼아 함께 본 후로 계속 보게 되었다. 권력을 쥐고 있는 미실과 난관을 극복해 나가는 덕만 공주, 주변 사람 등 인물의 성격이 보는 재미를 더했다.

어느 날, 드라마를 보다가 "그 초라한 꿈이라니……"라는 미실의 대사를 들었다.

덕만 공주가 여왕이 되려 하는 것을 보며 하는, 오직 왕후가 되기 위해 노력했던 자신의 꿈에 대한 탄식이었다.

그 순간, 우리의 초라한 꿈을 생각했다. 스스로 갖추어져 있는 내면의 완전함을 믿지 않는 것보다 초라한 것도 있을까.

나는 신이라는 절대자가 있어 세상을 주재한다고 생각하지 않는다. 내 안의 신과 다를 바 없는 마음을 믿기에 중이 되었다.

우리의 불성(佛性)을 가리고 있는 중생의 세 가지 독(毒)은 욕심과 화내는 마음, 어리석음이다. 그것만 지우면 부처는 저절로 드러나는 것이지 새삼스레 만드는 것이 아니다.

컴퓨터를 열고 인터넷 접속을 하면, '옥이 깨지듯 찬란하게 부서지는 미실'이라는 화려한 구절이 뜬다.

호기심이 일게 하는 그 문장을 보며, 나는 생각을 한다.

'나는 성불(成佛)이란 원대한 꿈은 가졌는데, 보석처럼 여겨서 집착하는 망상(妄想)을 산산이 부서뜨리는 날은 언제일까……'

# 분리수거

사는 일이란 날마다 쓰레기를 만드는 일
물건마다 제 생긴 대로 쌌던
병, 플라스틱, 캔, 비닐……
재활용품과 쓰레기를 나누어 담는다

살아 있다는 것은
마주치는 대로 감정을 지어내는 것
쓰레기 버리듯 못하는 감정
탐내는 마음, 성내는 마음, 어리석은 마음도
쓰레기봉투에 넣듯 담고 있다가
분리수거함에 버리듯

그렇게 살고 싶다

# 딱함에 관하여

남편은 환갑을 맞았고 아내는 쉰 중반인 부부가 찾아왔다. 남매를 모두 결혼시키고 두 부부만 남은 집이 너무 썰렁하여 키운다는 강아지도 데리고 왔다.

강아지는 몰티즈라는 종인데 현관 앞 나무에 매어 두었더니 주인 곁으로 들어오고 싶어 안달이었다. 나는 그 부부가 강아지를 향해 한 번씩 알은체하고 달래는 것을 보다 못해 데리고 오라 했다.

강아지를 안고 있던 남편이 이런 말을 했다.

"내가 이 애한테 말을 하면 '마 마' 하고 대답하거든요. '엄' 한마디만 더 할 줄 알면 우리는 세계 일주를 할 수 있어요. '엄마' 하는 개는 이 세상에 없잖아요. 그런데 이 애는 그 한마디를 못 배워요. 스님 참 딱하지요."

"그 개가 정말 '마'는 할 줄 알아요?"

"꼭 그렇게 하는 것은 아니지만 개 짖는 소리가 비슷하잖습니까. 그러니까 '엄'만 붙이면 '엄마'가 되는 거지요."

그 생각이 기발하여 나는 웃었다.


잠시 후, 마당에 꽃을 구경하던 부인에게 조금 전 남편에게 들었던 이야기를 전하며 우리는 다시 웃었다. 그 말을 옮긴 후, 내가 한마디 덧붙였다.

"처사님은 강아지에게 개가 할 수 없는 것을 배우라고 하지만, 부처님은 성불한 것을 보여 주셨는데 나는 이리도 못하네요. 정말 딱한 사람은 여기 있어요."

내가 말을 마치자 보살님은 합장을 하며 고개를 숙여 인사를 했다. 내 말에 깊이 공감했다는 마음의 표현이다.

중생의 삶이 괴로운 것은 우주에서 나 하나를 따로 놓아, 온 세상이 내 뜻과 어긋나기 때문이다. 헤아릴 수 없이 많은 대상이 나와 맞기를 바란다면 당연히 고단할 일이다. 부처님처럼 깨달으면 너와 나를 따로 나누지 않아 주체와 객체가 따로 없어 우주와 하나가 된다. 수많은 경전에 일러 놓으셨건만 아직도 중생심을 버리지 못하다 우스개 한마디에 나를 돌아보았다.

166

등산길에 강아지를 데리고 가는 사람이 있으면, 범부로 사는 것이 힘들다는 것을 아는 그 보살님이 보고 싶다.

# 찻상을 보며

갑자기 길에 자동차가 넘쳐나기 시작하던 80년대 초에 나온 표어가 있었다.

질서는 편리한 것, 질서는 자유로운 것, 질서는 아름다운 것.

짧은 시처럼 들리는 질서에 대한 표어를 누가 지었는지 궁금할 만큼 공감되었다.

그 무렵은 우리나라에 녹차가 잘 알려지기 전이었는데, 나는 일반인이 많이 알기 전부터 마시고 있었다.

그때까지 일반인에게는 커피가 차의 대명사였다. 입자로 된 즉석커피를 타기 위해서는 커피잔 한 개면 족한데, 거기에 비해 녹차는 많은 그릇이 필요하여 다기를 보는 것만으로도 어렵게 생각했다. 차를 우려내는 다관과 물을 식히기 위한 숙우, 찻잔, 다기를 한 번 데우고 난 물을 버리기 위한 퇴수그릇이 다기의 기본이다. 더구나 끓인 물을 붓기만 하는 커피와 달리, 적당하게 식혀야 하는 물까지 살펴야 하는 녹차를 까다로운 것으로 아는 사람이 많았다.

나는 차를 말할 때 질서를 계도하는 공익광고 문구를 빌려 말했다. 다도는 차를 통해 질서를 몸에 익히는 것이어서, 다도의 질서를 익히기만 하면 편리한 것, 자유로운 것, 아름다운 것이라고 했다.

다도에서 질서는 쓰임에 맞는 위치에 놓는 것이다. 하나하나의 다기는 찻상에 처음 놓을 때부터 제자리에 놓아야 한다. 제자리란 차를 우려내는 동작에 불편함이 없는 합리적인 위치를 말함이다. 특히 다기를 들고 놓을 때나 차를 마실 때 소리를 내지 않는 위치이다. 또 계속 들고 놓는 그릇끼리 부딪히지 않을 적당한 간격을 두고 놓는 것도 염두에 두어야 한다.

처음에는 어렵지만 익숙해지기만 하면 질서 속의 편리함이 된다. 생활 속에서의 말이나 행동도 서로 부딪히지 않으려면 다기를 들고 놓는 것과 같은 조심하는 마음이 있어야 한다.

젊은 시절 다도를 처음 배울 때, 다기를 정해진 자리에 꼭 놓는다는 행다(行茶)법이 마음에 들었다. 생활에서 모든 물건과 일도 이렇게 제자리를 잃지 않으면 좋겠다는 생각을 했다.

누구나 결벽증의 정도만 아니라면 정돈된 것에 안정감을 느낀다.

　나는 강원*을 졸업하고 일 년 동안 일주문 밖에 나오지 않고 기도를 했다. 장지문으로 나누어 한방과 다름없는 방에서 한쪽은 내가, 또 한쪽은 같이 기도하던 이십대 아가씨가 썼다. 내가 쓰던 쪽은 유난히 좁아 가로로는 다리를 펴고 누울 수도 없는 옹색한 방이었다.

　어느 날, 아가씨는 장지문을 열고 내게 물었다. 방이 어수선하게 될 수 있는 일을 늘 하면서 청소를 특별히 하는 것도 보지 못했는데 언제나 깨끗한 비결이 알고 싶다고 했다. 그때나 지금이나 나는 가만히 있지 못하는 성격 때문에 무엇인가 늘 하는 편이다. 기도를 하고 남는 시간에는 바느질이나 사경*기도를 하느라 옷감과 화선지가 늘 있었다. 나는 모든 물건을 제자리에 가지런히 놓기만 해도 다른 사람이 보면 정리해 둔 것 같다고 말해 주었다. 오랫동안 녹차를 마심으로 다기를 일정한 자리에 놓는 습관이 몸에 밴 까닭인 것 같다고 덧붙였다.

　이제 혼자 암자를 꾸리다 보니 바쁜 마음에 썼던 물건을 미처 제자리에 두지 못하여 찾을 때가 많다. 또, 세월이 흘러 건망증으로도 내가 둔 곳을 잊는 나이가 되었다. 그럴 때마다 일찍이 다도를 익힌 사람답지 못함을 스스로 본다.


　차를 마시는 일을 다도(茶道)라 하는 것은 차를 다루는 형식을 통해 마음을 다스리기 때문이다. 다도를 통하여 그릇을 제

자리에 놓는 것을 배웠으면, 일상에서 마음을 쓰는 것도 그와 같아야 할 것이다.

기능이 몸에 밴 것은 이제 굳이 애쓰지 않아도 저절로 할 수 있게 되었다. 그런데 혼자 삭여야 할 감정은 어쩐 일인지 젊은 시절보다 더 잘 드러내게 되었다. 뒤따라오는 마음의 불편함은 당연한 일이다.

내 감정을 제대로 다스릴 수 없는 날, 다기를 가지런하게 놓은 찻상을 보며 혼자 탄식한다.

아! 이것만이 내가 할 수 있는 전부란 말인가.

*강원: 부처님 경전을 배우는 곳, 이젠 승가대학이라고 한다.
*사경: 불교의 경문을 베끼는 것으로 하는 기도의 한 방법.

# 땅콩조림

내가 자주 가는 도반스님의 숲 속 암자가 있다.

우리는 이른 아침, 마당에 나가서 꽃을 둘러보며 눈인사를 나눈 후 아침 공양 준비를 한다.

암자에서 혼자 살면 식생활이 대부분 자취생과 같다.

찾아오는 사람이 그다지 없기도 하지만, 교통이 편리하여 절 앞까지 승용차로 오는 사람들은 굳이 밥을 먹으려 하지 않는다. 혼자 먹는 밥을 매 끼니마다 한 그릇만 할 수는 없어 찬밥을 데워 먹기 예사이다.

마침 열무 시래기가 있어 국을 끓였다.

두부조림과 솜씨 좋은 보살님이 가져 왔다는 땅콩조림, 이만하면 우리에게 호사스러운 상이다.

아침 공양 중, 땅콩조림을 씹으며 나와 같다는 생각이 들었다.

나는 깨끗한 물에 콩을 불려서 삶고, 메주를 만들어 띄운 다음, 소금을 풀어서 백 일을 담근 간장이나 된장처럼 되고 싶었다.

모든 음식에 기본이 되지만 잘 드러나지 않는 조선간장.

볕 바른 자리에 놓아 둔 항아리 속에서 묵어 갈수록 시간과 더불어 깊어지는 된장 맛.

애벌레가 나비가 되기 위해 고치 속에 들어가듯, 그런 발효와 숙성은 시간이 필요하다.

자신을 감추고 그리 오래 있기가 쉬운 일인가. 단군신화의 웅녀도 여인이 되려고 마늘과 쑥을 먹으며 굴속에서 백 일 동안 있었다는 것이 한갓 이야기에 지나지 않을까.

두부처럼 부드러워지는 영혼, 그것도 어렵다.

식탁에 오른 땅콩조림을 씹으며 벽을 바라보고 생각한다.

삶아도 졸여도 콩처럼 물러지지도 않고 모양이 그대로 있으면서 맛만 조금 달라지는 땅콩.

욕심.

성냄.

어리석음.

이 세 가지로 빚어내는 온갖 일들.

그토록 고치고 싶었던 중생심이 아직도 툭 툭 튀어 나오는 것을 보면 나는 아무래도 땅콩조림인가 보다.

나는 어느 생에 세속을 버리고 성인의 말씀을 알기 위하여
출가하려는 서원을 세웠을까.
강원은 '벽에는 책이 가득 꽂힌 커다란 서재가 있는 집'과 같았고,
나는 이 세상에서 부러운 것이 없는 사람이다.
그러나 나는 아직도 내 마음을 마음대로 하지 못한다.

# 수영장이 있는 집

어려서부터 내 마음을 마음대로 하지 못하는 것이 스스로에게 가장 큰 불만이었다. 그런 내게 어머니는 늘 이렇게 말씀하셨다. "그런 사람은 절에 가야 된다."

출가에 대해 관심을 가졌지만 가족과의 이별, 무엇보다 파격적인 헤어스타일 등 너무 큰 변화가 두려워 선뜻 결정하지 못하였다. 나뿐만 아니라 대부분 사람들이 삭발에 대한 부담이 크다. 그런 내게 어느 스님이 이런 말을 했다. "만약 정원에 수영장이 있고, 벽에는 책이 가득 꽂힌 커다란 서재가 있는 집을 주면서 살라고 해도 이사 안 갈 거야?"

나는 조그만 소리로 그런 집이라면 이사 갈 것이라고 대답했다.

"출가라는 것은 그것과 꼭 같아. 아쉬워서 버리지 못하는 이 생활이 지금 살고 있는 집이라면, 출가하는 것은 내가 말한 수영장이 있는 집으로 가는 거야."

나는 그 말이 막연하게나마 이해되었다. 자신의 진로를 망설이던 세속인이 알아들을 수 있는 비유는 그런 것밖에 없었을 것이다.


산골짜기에 있는 고찰로 출가했다. 주위를 둘러싼 편안한 산등성이와 어우러진 퇴락한 대웅전, 누각의 기와지붕에는 와송이 자라고, 돌 생김새대로 놓은 오래된 돌계단 틈에는 이끼가 피어 있었다. 내게는 스님이 비유했던 '정원에 수영장이 있는 집'이었다.

요사채 아궁이에 불을 땐 연기가 피어올라 허공에서 흩어지면 마음속 망상도 흩어지는 것 같았다.

경전을 배우는 학인(學人) 시절, 한문으로 된 경전 중 어떤 구절은 온종일 생각해도 해석이 되지 않았다. 머릿속에 그 구절만 맴돌다가 어느 순간 뜻을 알게 되면 그 기쁨은 어디에도 비할 바 없어 혼자 자문(自問)을 하곤 했다.

'나는 어느 생에 세속을 버리고 성인의 말씀을 알기 위하여 출가하려는 서원을 세웠을까.'

강원은 '벽에는 책이 가득 꽂힌 커다란 서재가 있는 집'과 같았고, 나는 이 세상에서 부러운 것이 없는 사람이었다.

그러나 내 마음을 내 마음대로 하는 것은 어려웠다.

얼마 전, 이청준의 『날개의 집』을 읽었다.

> "나이를 먹어 늙으면 병을 몸에 지니고 함께 부대
> 끼며 간다더니, 그림쟁이 노릇은 젊어서부터 그렇단
> 말인가."
>
> "나는 한평생 농사를 짓고 살았어도 그 일을 다
> 모르고 갈 판인디, 저라고 그림 일속을 그새 다 알았
> 것어? 그냥 잊고 더 내버려둬."
>
> 아버지가 세상을 떠나기 얼마 전 세민의 소식을
> 궁금해 하는 어머니에게 당부했다는 말이다. 아직은
> 그림 일도 농사일도 잘 알 수가 없었지만, 세민이 이
> 후로도 그 고향의 들녘과 고된 농사일 속에 묻혀 살
> 면서 새 마음가짐으로 두고두고 그림 일을 계속해
> 나가기로 한 숨은 계기였다.

바로 내 마음을 쓴 것 같은 이 대목을 몇 번이나 읽었으며,
그때마다 눈물이 흘렀다. 그것은 '병에 부대끼는 노인'과 같은
나를 보는 것 같아 흘린 눈물이었다.

내가 알고 싶던 '그 속'은 '내 마음'을 알게 되는 것이다. 내
마음을 모르는 것은 평생 농사를 짓고도 그 속을 모른다던 세

민의 아버지나 그림 속을 모르는 세민과 같다. 이 글을 쓴 소설가 이청준도 '그 속'을 알기 위해 일생을 살았으리라.

내가 출가를 망설일 때, 스님은 수영장이나 큰 서재가 있는 집으로 이사 가는 것과 같다고 했다. 그러나 지금 살고 있는 암자는 작은 전원주택을 연상케 하는 빨간 벽돌집이어서 절이냐고 묻는 사람도 있다. 다른 사람 눈에는 어떻게 보일지라도 내게는 넓은 수영장과 장서가 가득 꽂힌 서재가 있는 집이다. 바라는 것이 없으니 집에 수영장 있는 사람이 부럽지 않고, '내 마음'의 무궁함을 알려 하니 진리의 장서를 가졌다.

세민이 어머니에게 아버지의 말을 전해 듣고 고된 농사일에 묻혀서도 그림 일을 계속하듯, 나도 중생심과 부대끼며 '마음' 보는 일을 계속할 것이다.

# 내 친구의 집은 어디인가

　나는 영화를 좋아한다. 공통의 경험이 되는 영화는 서로 잘 모르는 부분을 설명할 때 비유할 수 있기 때문이다. 가끔 볼 만한 영화를 추천해 달라는 부탁을 받으면, 감동적이었지만 흥행에 성공하지 못해 사람들이 잘 모르는 영화를 권한다. 〈내 친구의 집은 어디인가〉가 그 경우이다.

　〈내 친구의 집은 어디인가〉는 1989년 로카르노 영화제에서 청동표범상을 받은 이란 영화이다.
　영화의 주인공은 초등학생 아마드이다. 첫 장면은 이란 코케 마을의 한 초등학교 교실. 등교한 아이들이 수업 전에 떠드느라 소란스러웠다. 교실에 선생님이 들어오고 숙제 검사가 시작되자 일순간 긴장에 휩싸였다. 아마드의 짝, 네자마네는 그 날도 지각을 했고 공책이 아닌 종이에 숙제를 해 왔다. 선생님은 다음번에 공책에 숙제를 해 오지 않으면 퇴학시킬 것이라고 했다. 선생님은 숙제 검사를 하며 아이 한 명 한 명에게 쉴 새 없이 일방적으로 꾸중했다. 그런 선생님이 이상하게 보였고, 무엇을 전하려는 설정일까 하는 의문도 들었다.

아마드는 학교가 파한 후 집에 돌아와 책가방을 열었을 때 네자마네의 공책이 있는 것을 알고 놀란다. 그 후 아마드가 네자마네의 집으로 찾아가 공책을 전해 주려 하는 단순한 줄거리이다. 이해하기 어려운 복선도 없고, 시종일관 아마드가 네자마네의 집을 찾기 위해 흙먼지를 날리며 인적 없는 시골길을 힘겹게 뛰거나 걸으며 다니는 단순한 과정이다. 영화가 끝날 때까지 산뜻한 풍경이라곤 한 장면도 없다.

그 영화에서 인상적인 것은 쉴 새 없는 말이다.

주인공 아마드가 방과 후 집에 돌아오자 어머니는 아이에게 '심부름해라', '공부해라' 는 말을 쉴 새 없이 한다. 아마드 역시 '친구의 공책을 모르고 가져왔으므로 친구의 집을 찾아가 돌려줘야 한다' 고 되풀이한다. 집에서 갓 난 동생을 돌보는 어머니, 길에서 마주친 할아버지, 네자마네가 사는 동네에 가서 친구의 집을 찾으려 말을 붙이게 된 할아버지까지 한결같이 아마드의 말을 듣지 않고 자신의 말만 할 뿐이다. 아마드의 간절

한 눈빛, 아이의 사정에 무심한 어른, 주인공과 한마음이 되어 소통이 되지 않는 상황에 답답하고 지루함을 느끼는 관객이 많았다. 그러나 끝난 후의 감동은 지루한 만큼 크다.

지금도 〈내 친구의 집은 어디인가〉를 생각할 때가 있다.

여러 사람이 모인 자리에서 다른 사람이 낄 틈 없이 혼자 이야기하는 사람을 볼 때.

너덧 사람이 한 자리에서 서로 다른 주제를 이야기하느라 나누어질 때.

우리도 첫 장면부터 모두 자신의 이야기만 하던 그 영화의 등장인물같이 느껴진다.

# 바위

스물두 살 봄, 어느 여자고등학교로 교생실습을 나갔다. 2학
년 교실 게시판에 붙여진 시 한 편을 보게 되었다.

> 한 여인이
>
> 그 영혼을 송두리째 드린다 하면,
>
> 한 여인이 그 살을, 피를, 내음을 송두리째 드린다
> 하면
>
> 아 아,
> 그대의 고독은 풀릴 것가

> 울먹이며 떨며 머뭇대는
>
> 나의 사랑아!
>
> — 허영자의 시 「바위」 부분

　그때, 여고 2학년이 이 시를 고른 데 놀랐다. 지금 생각해 보면 나 역시 그 당시 여고생들과 서너 살 차이면서 무엇을 알고 좋아했을까 싶다.

　세상을 전혀 모를 때, 우리는 노력하기만 하면 남의 마음을 열 수 있고, 아픔도 다 껴안을 수 있는 줄 안다. 열예닐곱이면 다른 사람의 마음이나 삶이 바위처럼 내 뜻대로 옮길 수 없는 것임을 알기 시작할 무렵이기에 그 시를 좋아했던 것이다. 불교적으로 우리 모두는 무수한 생을 살아왔기에 그 나이면 이 아픈 진실에 가까이 다가서고 있다고 본다.

　살아갈수록 모든 존재는 서로에게 바위와 같은 존재임을 알게 된다.

　간절하게 상대방의 마음을 두드려도 바위를 마주한 것 같은 심정이다. 때로는 바위를 쪼려 내려치던 망치에 내 손을 다쳤다. 나를 두드리는 어떤 사람도 바위 앞에서처럼 암담할 것이다. 산다는 것은 젊은 시절 「바위」를 읽고 느꼈던 막연한 공감을 온몸으로 뼈저리게 겪어내는 여정이었다.

　무엇인가 주는 것이 사랑인 줄 알았던 때가 있었다. 진정한 사랑을 하려면 스스로 만든 관념의 바위를 허물어야 한다. 조각난 바위가 미진이 되는 날, 우주의 모든 그대를 품을 수 있으리라.

　아직 굳건한 내 바위를 치는 손이 아프다.

# 속마음

누군가 제비꽃을 보고 연약하다고 하여 웃은 적이 있었다.

사람이 지나다니는 길에 피어 어지간히 밟혀도 꽃잎이 아스러지지 않는다.

잔디밭에 제비꽃이 피었을 때, 예쁘다고 그냥 두면 이듬해에 씨는 사방으로 튀어서 제비꽃 무리가 되고, 뿌리는 깊어 호미로 캐낼 수 없다. 대체 무엇을 본 연약함인가.

보랏빛 작은 꽃?

능소화 가지가 잘 부러져서 남정네들의 유혹에 쉽게 넘어가는 여자 같다고 말하는 사람을 보았다. 능소화의 잔털 없이 곧고도 깊게 내리는 뿌리를 모르고 하는 말이다.

내게 능소화는 쉽게 마음을 주지 않는 심지 굳은 사람처럼 보인다.

　나무나 꽃을 옮길 때마다 이런 생각을 한다.
　잎과 꽃이 드러나는 행동이라면, 뿌리는 마음 속 담아두고 혼자 하는 생각은 아닐까?

　나는 꽃과 나무의 보이지 않는 뿌리를 모른다. 사람의 속마음은 더욱 모른다.
　땅을 파면 볼 수 있는 나무도 어렵거늘 하물며 볼 수도 없는 사람의 마음이야……
　제비꽃이나 능소화를 보는 것이 사람마다 다른데 무엇인들 다르지 않겠는가. 조금만 감추어지면 볼 수 없는 눈으로 세상을 살아야 하는 일은 늘 실수투성이며 어렵기만 하다.

# 하얀금

하얀 금.

길을 지나다 보았던 소금 가게 이름이다.

예로부터 소금을 금처럼 귀하게 생각하여 작은 금, 소금(小金)이라 하는 줄만 알았는데 하연 금이라니.

하얀 금을 한자로 쓴다면 흴 소(素)를 써야 한다. 흴 소(素)의 훈에는 '본디'라는 뜻도 있다. 상호에서는 '하얀' 금으로 읽었는데, 한자의 훈이 생각나면서 어쩐지 '본디' 금을 뜻하는 것으로 받아들여지는 것이 아닌가. 지금은 염전이 발달하여 소금을 쉽게 구할 수 있고 비싸지도 않지만, 근본이 되는 것의 소중함을 뜻하는 이름으로 느껴졌다.

‘본디 금’을 생각하며 내 핏줄을 타고 흐르는 소금을 생각해
본다.

인간의 선조가 바다의 생명체였다가 1억 년 전 육지로 올라
와서인지 우리의 체액에는 바닷물과 같은 0.9%의 염분이 있
다. 병원에서 쓰는 생리식염수의 링거액도 우리 체액과 같은
0.9%의 염수이다. 병원에서 수술 도중 염수 정맥 주사를 놓는
것은 염분이 부족하면 저항력이 떨어지기 때문이라고 한다.
이렇듯 인간은 소금 없이는 생명을 유지할 수 없다.

소금은 이집트의 미라를 만들 때도 사용되었으며, 그래선지
동서양을 막론하고 소금에 부정을 씻는 힘이 있다고 믿었다.
우리 생활 속에서는 부패하지 않도록 하는 역할이 크다. 이런
까닭으로 신문의 칼럼에서 소금 같은 사람이 되라는 말을 읽곤
한다. 세상의 소금 같은 사람. 사회에서 정의로운 이념이 확고
한 사람이 세상을 바꾸기도 하지만, 때로는 소금으로 절여둔
음식처럼 부담스럽다. 어떤 사람들에게는 나와 같은 종교인도
그 중 한 사람일 것이다.

사실 출가한 지 얼마 되지 않았던 새 중 시절에는 장아찌 같
았다. 옷도 풀을 빳빳하게 먹여, 스치면 베일 듯하게 입었다.
원리원칙에 어긋나지 않으려던 결심은 풀 먹인 옷과 같은 칼칼
함이었으며 살아가는 명분이기도 했다. 그러나 시간이 흐를수
록 모든 일을 바라보는 시각이 점점 풀이 죽은 옷처럼 부드러
워진다. 가끔 ‘때 묻은 옷처럼 되어가는 것은 아닌가’ 걱정스

럽다.

　하얀 금이라는 간판을 보고 '본디 금'을 생각했던 날, 나는
이상하게 마음이 편안해졌다. 진정한 현자는 오히려 평범하여
범부와 다를 바 없이 보인다고 한다. 정신을 썩지 않게 하던 소
금기는 많이 빠지고 본디 모습으로 돌아간 사람의 모습이다.

　한때, 간기가 순수함을 지키는 줄 알았던 것은 아집(我執)일
때도 있었다. 세상을 살아보면 소금에 절인 음식이 재료는 될
지언정 그냥 먹을 수는 없는 것과 같은 이치도 있다. 이젠 입이
쓰도록 짰던 나만의 생각을 헹구어 내야 할 때가 되었다. 체내
에 처음부터 있던 0.9%의 '하얀 금'과 같은 철학으로, 나를 살
게 하고 다른 사람도 살게 하는 힘이 되고 싶다.

# 콩나물 키우듯

별 생각 없이 들었던 말인데, 훗날에야 깊은 뜻을 아는 경우가 있다. 강원에서 경전을 배울 때, 묘엄 학장스님이 특유의 진주 사투리로 자주 하신 말씀이 있다.

"콩나물을 키울 때, 물을 주면 시루 밑으로 물은 다 빠지지만 콩나물은 자란다."

경전이나 수행자로서의 자세를 가르쳐도 달라지지 않는 우리를 보고 스스로 하신 위로였을 것이다.

"콩나물과 애들은 꼭꼭 눌러 주면서 키워야 하는데, 요즈음 애들은 두부 같아서 모양은 반듯한데 누르면 깨어진다."

생각이 확고한 것 같은데, 걱정 한마디만 들어도 마음을 다치는 학인들을 둘러서 걱정하는 말씀이었다.

나는 몇 보살님과 십 년 넘게 경전 공부를 해 왔다. 보살님들
은 자주 "이렇게 가르쳐 주셔도 집에 가면 잊고, 생활에서는
활용이 안 될 때가 많아요."라고 한다. 비로소, 내가 강원의 학
인 시절에 학장스님께 들었던 말씀이 가슴에 와 닿았다.

나 역시 마음을 닦는 수행자라지만 보살님들 같은 자책을 할
때가 많다. 그런 자신을 돌아보며 학장스님의 말씀을 빌려 스
스로 위로하는 대답을 한다.

'콩나물시루에 물은 빠져 나가도 콩나물은 자란다.'

나는 콩나물이 크는 것을 보았기에 그 비유에 공감했다.


어린 시절, 어머니는 명절이 다가오면 방 안에 콩나물시루를
놓았다. 콩나물은 계절과 키우는 장소의 온도에 따라 다르기
는 하지만, 먹을 정도로 자라는데 적어도 일주일은 걸린다. 시
루 구멍으로 쪼르르 흐르는 물소리를 잠결에 들었다. 어머니
는 콩나물을 잔뿌리 없이 키우려고 한밤중에 일어나 물을 주
셨다.

어머니는 콩나물에 물을 주면서 가끔 두 손으로 시루 위를
누르셨다. 콩나물은 식물의 향일성을 잊지 않아, 살을 찌우지
않고 키만 크기 때문에 시루 위로 올라오기 시작하면 한 번씩
눌러야 한다. 그것이 신기해 보여 한 번 눌러 보려 했으나, 어
머니는 여린 콩나물 머리를 부러뜨릴까 봐 못하게 말렸다. 미
숙한 한 번의 손놀림으로 콩나물 머리를 부러뜨리는 것이 마치

충고가 서툴러 사람의 자신감을 잃게 만드는 것과 같다는 생각을 한다. 또는 무심코 했던 한마디의 실수로 무던한 사이가 끊어질 때, 잘못 눌러 부러진 콩나물과 같이 되었다고 자책할 때도 있다.

콩나물시루에 자주 물을 주면 뿌리를 내리고 몸통을 키우듯, 나도 꾸준히 노력하면 싹을 틔우고 자랄 것이다. 콩나물이 시루 위를 향하여 마구 키만 키울 때 꼭꼭 눌러 주지 않으면 살을 찌울 수 없듯, 바깥으로 치솟는 어리석음 또한 외부로부터 받는 자극 없이 스스로 잘 성숙하기란 어렵다. 외부의 거슬리는 자극을 고마운 단련으로 생각하며 이젠 입적하신 학장스님의 말씀이 떠오르는 것이다.

# 갱죽

밥과 김치로 끓이는 갱죽을 보면 패자(敗者) 부활전이란 말이 떠오른다. 냉장고 속에 있던 찬밥과 김치가 새롭고 맛있는 음식이 되기에 하는 생각이다. 절에는 오전 10시의 사시불공(巳時佛供)에 갓 지은 밥을 주걱으로 둥글게 다듬어 고봉으로 괴어 부처님 전에 올린다. 그때 올리는 밥을 마지라고 하는데, 혼자 사는 암자에서는 그 마지를 한 끼에 다 먹을 수 없다. 찬밥을 계속 데워먹기보다는 갱죽을 끓이는 편이 낫다.

어느 해 겨울, 멀리서 도반스님이 찾아와 한동안 머물렀다. 아침마다 갱죽을 끓였다. 도반스님은 입맛에 맞았던지 저녁이면 빨리 내일 아침이 와서 갱죽을 먹으면 좋겠다고 했다. 그 후, 내게 무슨 음식을 잘 하느냐고 물으면 갱죽이라고 대답하

194

기도 한다.

행자 시절, 감기 걸린 사람이 있으면 원주스님*은 아침 공양으로 갱죽을 끓이라고 했다. 갱죽은 냄비에 물을 넉넉하게 붓고 말린 표고버섯이나 다시마 몇 조각으로 국물을 낸다. 물이 끓는 사이 가늘게 썬 김치와 콩나물, 찬밥을 넣어 한소끔 끓이기만 하면 되는 간단한 음식이다. 감자를 더 넣어 시원한 맛을 더하거나, 시금치로 빛깔을 살리기도 하지만 김치만으로도 충분하다. 감기나 몸살로 입맛이 없을 때, 스님들은 특별한 음식이나 되는 양 좋아했다.

절에서는 갱죽이라고 불렀지만 속가에서는 겨울방학에 점심으로 끓여 먹던 김치국밥이었다. 아침에 먹고 남은 찬밥으로 끓여서 간단하거니와 밥이 모자라면 국수나 떡국을 넣어 양을 늘릴 수 있다는 장점도 있다. 김치가 주재료이므로, 가을배추로 담은 김장김치가 맛있어 겨울에 많이 먹었다. 이젠 김치 냉장고 덕분으로 묵은 김치가 일 년 내내 있어 어느 때나 제 맛을 낼 수 있다.

아침 공양으로 갱죽을 끓이려 꺼내 놓은 지난 끼의 찬밥과 김치를 보니 내 모습인 것 같다. 날로 발전하는 세상에 내가 힘들여 배운 젊은 시절의 지식은 상식에도 못 미치게 되었다. 무엇보다 흘러가는 시간을 느끼지 못했다. 마치 상에서 밀려 때 지난 밥이나 김치 같은 것이다.

갱죽은 남은 음식을 이용하여 만들지만, 처음에는 모두 정성 들인 음식이었다.

비록 지금 내 모습이 초라할지라도, 나름대로는 노력해 왔다. 지난 시간을 돌아보면 치열하게 살았다고 할 수는 없지만 그렇다고 느긋한 마음으로 살았던 적도 없었다. 내가 살아오며 익힌 것 중 어떤 것은 시원함을 더하는 콩나물이 될 것이며, 감자의 단맛도 될 것이다. 내 소심함 속에 숨어 있는 의욕은 국물 맛을 내는 중요한 버섯이나 다시마와 같을 것이다.

갱죽은 무엇보다 부드럽게 변한 맛의 조화가 있다. 시간이 흘러 굳어진 밥과 김치의 질긴 섬유질도 끓이면 다시 부드러워지고, 김치의 신맛은 밥과 함께 어울려 오히려 감칠맛을 만든다.

무심하게 끓여 먹던 음식을 생각하며 나도 새로워지고 싶은 마음이 생긴다. 더 나은 나를 만들기 위해 다시 한 번 노력할 것이다. 지금까지 배우고 경험한 것으로 남은 삶을 갱죽을 끓이듯 다시 한 번 만들어 보고 싶다. 이젠 특별한 것을 바라지 않고, 감기나 몸살로 입맛을 잃은 사람이 먹은 후 다시 힘을 얻고 일어나는 갱죽같이 되고 싶을 따름이다.

*원주스님: 절의 후원 일을 총괄하는 소임을 맡은 스님.

선물

# 나뭇가지를 치며

어느 날, 꽃집에 갔는데 저만치에 눈길을 끄는 나무가 있었다. 1미터 남짓 외대로 키운 나무의 수관(樹冠)은 마치 우산을 편 것 같았고, 작은 잎 사이로 자잘한 하얀 꽃봉오리가 잔뜩 맺혀 있었다. 이름을 물었더니 쥐똥나무라고 하여 깜짝 놀랐다.

쥐똥나무는 값이 싸서 주로 빽빽하게 심어 공원이나 학교의 울타리 목으로 많이 쓴다. 초여름, 공원 옆을 지나다 그윽한 향기가 풍겨서 보면 쥐똥나무가 있었다. 독립수로 키운다는 생각을 한 적 없었기에 다른 나무의 향기인 줄 알았다.

나무도 사람과 마찬가지로 키우기 나름이다. 쥐똥나무처럼 흔한 나무도 꾸준한 관심으로 전지하면 작품이 되기도 한다. 귀한 수종이라 하여도 다듬으며 키우지 않으면 보잘 것 없다.

방대한 숲에서도 재목으로 쓸 나무는 잔가지를 치는 등 관리를 한다. 하물며 작은 정원에서 제멋대로 가지가 벋으면 세탁은 했지만 다림질하지 않은 옷처럼 볼품없다.

　산자락에 암자를 지은 후, 마당에 평소 생각하고 있던 나무를 심었다. 전지해야 할 때가 되면 어느 가지를 잘라야 할지 난감했다. 처음에는 과수원 농사를 짓는 남자들이 오면 전지하는 법을 가르쳐 달라고 부탁했다. 가지를 자르며 설명해 주었지만 워낙 나무에 대한 기초상식이 없었던 터라 배울 수 없었다. 그 후로 나무를 망치기도 하면서 독학을 했다.
　전지의 기본은 나뭇가지가 자라면서 서로 부딪히게 될 가지를 자르는 것이다. 때로는 가지를 잘라야 할 것을 알고도 꽃을 볼 욕심에 그냥 두었다가 나무의 힘을 분산시키기도 한다. 너무 과감하게 자른 후 후회해도, 시간이 흐르면 나무 스스로 제 모양을 갖춘다.
　나무를 키우면서 내 나름대로 놀라운 경험을 했다.
　대부분 나무는 외대로 키운 것을 알아준다. 한 배롱나무는 처음 자랄 때부터 뿌리에서 두 줄기였다. 어느새 모양새를 갖추어 한 가지를 베기 아까웠지만, 과감하게 한 줄기를 베었다. 그 후, 이태동안 잘 살더니 추위에 약한 배롱나무는 겨울을 나며 동해를 입어 죽고 말았다. 한 줄기를 베지 않았더라면 살았을지도 모른다는 후회도 했다. 그런데 늦봄이 지나자 뿌리에서 새로운 가지가 올라오더니, 단숨에 죽은 가지만큼 키가 자라고 굵어졌다. 기대도 하지 않았는데 여름에는 꽃이 피기까지 했다. 보이지 않는 뿌리의 힘이다.

이제 나무를 손질한 지 십 년이 넘어 잘라야 할 가지가 보인다. 나무를 키우는 사람들은 우리 정원을 둘러보면서 나도 전문가가 다 되었다는 말을 더러 한다. 가끔 내가 한 손질이 못마땅하여 왜 이렇게 잘랐느냐고 묻는 사람도 있다. 전지에 대한 확신이 없을 때는 남의 말을 의식했지만, 이젠 미인을 보는 기준이 다르듯 나무를 보는 데도 각자의 취향이 있기 때문이라고 생각하여 웃어넘긴다.

사람들이 한결같이 하는 말은 나무를 참 날렵하게 키운다는 것이다. 그 말에 '우리 절에는 나만 빼고 다 날씬하다' 고 대답했다. 요즈음 나뭇가지를 치면서 우스개처럼 했던 내 말을 생각하고 스스로에게 물어 본다.

'과연 내 몸의 부피만 큰가? 나 자신의 내면에 반드시 잘라내야 할 생각의 곁가지는 전지하고 있는지.'

이젠 생각의 곁가지를 버리고, 자신의 근원을 보는데 힘을 싣고 싶다. 우리 뜰의 다시 살아난 배롱나무를 생각한다. 나무는 살기 어려운 여건이 되자 뿌리에 모은 힘으로 다시 살아났다. 나뭇가지를 치며 뿌리의 힘과 다듬어야 할 나를 생각한다.

이젠 생각의 곁가지를 버리고,
자신의 근원을 보는데 힘을 싣고 싶다.

# 벤자민 버튼의 시간은 거꾸로 간다

초등학교 때 숙제를 해 오지 않은 벌로 선생님께 손바닥을 맞을 차례를 기다릴 때, 이런 생각을 했다. '지금이 어제라면 얼마나 좋을까. 그러면 꼭 숙제를 할 텐데……' 지난 시간에 대한 후회의 시작은 바로 그때부터였다.

우리의 그와 같은 심리를 영화로 만든 것이 〈벤자민 버튼의 시간은 거꾸로 간다〉이다.

브래드 피트를 노인으로 만든 분장술도 유명했고, 우리 역시 한 번쯤 생각해 본 일이다. 미국 소설가 마크 트웨인이 '인간은 80세로 태어나 18세를 향하여 가면 삶은 무한히 행복하리라.' 라는 말을 남겼다. 『위대한 개츠비』로 잘 알려져 있는 작가 F. 스콧 피츠제럴드가 그 말에서 모티프를 얻어 쓴 소설을 각

색했다.

시계공이었던 한 남자가 전쟁에 나간 외아들이 전사하자 시간이 거꾸로 흘러 아들이 살아있던 때로 돌아가기를 갈망했다. 그는 이루어질 수 없는 염원을 담아 거꾸로 가는 시계를 만들어 역에 걸어둔 후, 사람들의 기억 속에서 사라졌다.

얼마 후, 노인의 얼굴을 한 아기가 태어났다. 그 아기가 주인공 벤자민 버튼이다. 시간이 흐를수록 젊은 모습을 찾아가던 벤자민은 사랑하는 여인을 만나 결혼한다. 아내는 늙어 가는 반면, 벤자민은 오히려 소년으로 변하여 여드름까지 돋기 시작한다. 결국 순리에 어긋나는 신체 때문에 가족을 떠나 혼자 살아야 하는 아픔을 겪어야 한다.

미국 영화이지만, 불교의 윤회사상을 잘 표현한 영화였다. 영화를 보는 동안 '원력수생(願力受生)'이란 불교의 단어가 머리에서 떠나지 않았다. 윤회의 사상을 믿는 불교에서는 간절하게 발원하는 바에 따라 몸을 받는다는 뜻이다. '시간이 거꾸로 갔더라면' 하던 시계공은 다음 생에 노인으로 태어나 아기로 죽는 것이었다.

결코 회복할 수 없는 고통을 겪어 마음속에 사무쳐 풀지 못하고 한(恨)이 되면, 영화와 같이 되기를 바라게 된다.

시계공 노인과 같은 노파의 이야기를 알고 있다.

부처님 당시에 외아들을 잃고 미친 듯이 울부짖는 노파가 있었다. 부처님이라면 어떤 어려움도 해결해 줄 수 있다는 말을 듣고 찾아갔다. 죽은 아들을 살려달라는 노파의 절규에 부처님은 방법을 일러 주셨다. '죽은 사람이 한 사람도 없는 집에 가서 겨자씨를 얻어 오면 살려 줄 수 있다.'

그 말씀에 노파는 아들을 잃은 고통을 자신만 겪는 것이 아님을 깨닫고 정신을 차렸다.

우리 중생의 발원은 웬만한 지혜로는 대부분 그때 부족한 부분을 소망하기 마련이다. 돈이나 건강, 시험 합격이나 사람들과의 원만한 관계. 살아가는데 모두 필요한 것이다. 이 중의 하나라도 어려움을 겪으면 생활 전체가 삐걱거리게 된다. 세상이란 곳이 그리 녹록하지 않으니 언제나 바라는 것이 달라지기 마련이다. 그렇다 하더라도 일생은 마라톤과 같이 매 순간이 이어지기에 총체적으로 생각해야 한다.

불교에서는 진정 행복해지려면 어느 한 쪽에 치우치지 않는 중도(中道)를 얻어야 한다고 가르친다. 〈벤자민 버튼의 시간은 거꾸로 간다〉처럼 바라는 바가 이루어지지 않을 때 반대의 상황을 바라는 것을 양변(兩邊)이라고 한다. 양변을 해석하면 양쪽 언덕이라는 뜻이다. 지금 서 있는 이 언덕이 싫어지면 건너편 언덕이 더 나을 것 같다는 생각에 양쪽 언덕을 왔다 갔다 하는 것이 중생의 마음이다. 〈벤자민 버튼의 시간은 거꾸로 간다〉는 한 맺힌 아픔에 잘못된 발원을 하여 겪는 고통의 상황을 낱

낱이 보여준다.

살아왔던 시간을 돌이켜 생각하면, 부족함이 더 나아지는 계기가 되기도 했고 풍요로움이 무언가를 잃는 계기가 되기도 했다. 무엇인가 바라기보다는 어떤 상황에서도 지혜롭게 해결해 나가기를 바랄 일이다. 자신의 부족함을 채우려는 소망과 노력은 자신을 개발하는 아름다운 일이다. 우리는 그것을 승화라고 말한다. 바른 발원(發願)이란 이것이 아니므로 저것을 택하려는 어리석음을 버린 발원이다.

중도의 성숙한 '원력(願力)'으로 다음 생, 내일을 살아야 할텐데.

# 영원

　가끔 하염없이 파도소리를 듣고 싶을 때가 있다. 그럴 땐 낙산사 홍련암으로 간다. 복잡한 기도시간을 피하여 바위 위에 지은 작은 법당에서 동해의 푸른 바다를 좌선하는 자세로 앉아 바라본다. 수평선의 쉼 없는 파도를 보고 그 소리를 듣고 있으면 마치 내 마음을 보는 것 같다.

　내 마음이 대하는 모든 경계의 반응은 파도와 같다. 좋은 반응은 선이나 사유라 하고 나쁜 반응은 악이나 번뇌라고도 하지만 어느 쪽이라 하더라도 내 마음 위에 일어나는 파도인 것이다. 번뇌 속에서 해탈을 얻으라던 부처님의 말씀을 수평선에서 본다.

　격랑이 이는 바다도 끝내 잔잔해지듯 죽을 듯한 사랑이나 미

영원. 언제까지고 계속하여 끝이 없음,
또는 끝이 없는 세월을 말함이다.
눈에 보이는 모든 것은 영원할 수 없다는 것만이 영원한 진리이다.

움도 식을 때가 있다. 내 앞에서 자신의 이야기를 하다가 우는 사람이 더러 있어 찻상 옆에 늘 티슈곽을 둔다. 그 사람의 마음에 거센 파도가 이는 것이다. 그러나 그 격랑은 반드시 가라앉았다. 영원한 것은 없으니까.

영원.
영원이란 약속의 청을 받은 것은 중학교 때였다.
중학교 졸업을 앞두고 한 친구가 내게 영원한 친구가 되어 달라고 했다. 이미 좋은 친구가 되는 것도 어려운 일이라는 것을 알 만한 나이였다. 하물며 '영원'이라는 말은 더욱 부담스러웠다. 자신이 없다는 말로 부드러운 거절을 했지만 미안했다. 졸업할 무렵 전근한 아버지를 따라 나는 그 도시를 떠나게 되었고 그 친구를 다시는 만날 수 없게 되었다. 가끔 친구를 찾는 프로그램을 볼 때 내게 처음으로 고마운 제안을 했던 그 친구가 떠오르고 한 번 만나보고 싶기도 하다. 하지만 40년이 넘게 흐른 시간 속에 그 친구 이름도 생각나지 않는다.
언제까지고 계속하여 끝이 없음, 또는 끝이 없는 세월을 말함이다. 수많은 소설이나 영화에서는 영원한 사랑을 맹세한 후엔 반드시 갈등이 생겼다. 눈에 보이는 모든 것은 영원할 수 없다는 것만이 영원한 진리이다.
불교에서는 시간의 영원함을 여러 가지로 표현한다. 불교를 믿는 사람들은 영원이란 말보다 '세세생생(世世生生)'이나 '다음 생'이라는 말로 약속한다. 윤회를 믿기에 다음 생에 태어나서도 이 인연을 이어서 살고 싶다는 뜻이다. 나와 같은 출가자들은 성불할 때까지 세세생생 불법에서 물러나지 않겠다는 발원을 한다. 시간만 두고 비유한다면 일반인이 주로 말하는 대대손손(代代孫孫)과 같은 말이다. 세세생생이 나 자신의 생이라면 대대손손은 후세의 자손이니 시간을 운용하는 주체가 달라진다.

영원과 같은 뜻으로 무시무종(無始無終)이 있다. 시작도 없고 끝도 없다는 뜻이다. 시작이 없으면 끝도 없고, 끝이 없으면 시작도 없다. '무시(無始)'에서 시작이 없음을 밝히고 있으니 영원보다 구체적이다.

선(線)으로 비유해 보면 금방 알 수 있다. 영원은 원과 같다. 선에는 시작점이 있으므로 아무리 긴 선이라 해도 끝이 있을 수밖에 없다. 그런데 그 선으로 원을 만들기만 하면 시작점이 사라지므로 끝도 있을 수가 없다. 그래서 불교에서는 진리를 원으로 표현한다. 우리 범부를 선(線)이라 치고, 깨달음의 경지를 원(圓)으로 보여준다. 범부인 선이 있어야 깨달음의 경지인 원을 만들 수 있으므로, 범부와 부처가 따로 있는 것이 아닌 것이다. 그렇기에 우리가 흔히 쓰는 중생(衆生)이라는 말을 불교 사전에서 찾으면 부처와 범부의 성품을 함께 갖추고 있다고 되어 있다.

나는 어쩐 일인지 어려서부터 '영원'이란 낱말을 입에 올리지 않았다. 그 뜻을 모를 땐 몰라서 못 썼겠지만 뜻을 알게 되면서부터는 내가 감당할 수 있는 말이 아니라고 생각되었다. 나는 '오래 오래'라는 말로 대신한다.

나는 철없던 때에도 영원이란 말을 단 한 번도 해 보지 못했다. 아무것도 모를 때나 한 번 해 볼 수 있는 말이었는데.

# 슬픔

아무리 어려도 다른 사람의 슬픔에 함께 울면 슬픔을 알게
된 것이다.

내가 다섯 살 때였다. 아버지가 출근한 후, 어머니는 방에서
온종일 울었다. 울고 있는 어머니를 바라보며 영문도 모른 채
나도 울었다. 엄마에게 자식은 분신이라지만 어린 내게 엄마
는 바로 나였다. 눈물의 의미가 무엇인지 몰랐지만, 어머니의
눈물은 곧 내 눈물이었다.

그날, 어머니가 울던 방에 들어온 햇빛을 나는 지금도 기억
한다. 창호지를 바른 문 바깥에서는 여느 날과 다름없이 우물
가에서 빨래하는 소리, 다른 사람들의 이야기와 간간이 웃음

어느 누구의 말도 위로가 되지 못하고,
해결되지 않는 고통을 겪을 때는 어디나 허허벌판이다.
어느 누구의 생인들 그런 날이 없었겠는가.
그러나 허허벌판 위에서도 뿌리를 내려야 하는 일이었다.

소리가 들려왔다.

창호지 한 장 사이로 가려진 곳에서 다른 세계가 펼쳐지고 있었다.

다섯 살, 나와 어머니가 울던 방은 아무도 보이지 않는 머나먼 벌판이었다.

어느 누구의 말도 위로가 되지 못하고, 해결되지 않는 고통을 겪을 때는 어디나 그늘 하나 없는 허허벌판이다. 어느 누구의 생인들 그런 날이 없었겠는가. 그러나 허허벌판 위에서도 뿌리를 내려야 하는 일이었다. 자신의 앞에 닥친 슬픔은 기쁨으로, 실패는 기회로 바꾸고, 언제나 결핍을 채워 보려고 노력하는 것이 산다는 일이었다.

성인이 되면서 노인이 된 어머니의 고통을 보면 내가 겪을 노년을 짐작할 따름이다. 어머니와 나를 나누지 않던 때와 같은, 너와 내가 따로 없는 마음을 잃는 것이다. 그래서 어머니의 고통이나 슬픔을 보아도 먼저 '내' 부피만큼 가려진다. 어려서는 나와 어머니를 각각의 존재로 나눌 줄 몰랐는데, 성장이라는 이름으로 나와 남을 나누게 되었기 때문이다. 나는 어머니에게 다섯 살 적 마당에서 빨래하며 웃던 사람들처럼 되어 간다.

깨달음에 이르면 아이와 같은 천진함을 가진다고 한다.

얼마 전, 텔레비전에서 본 실험이다. 생후 18개월이 되면 상대방의 마음을 읽고 그 사람을 도우려는 마음이 생긴다고 한다. 실험 속의 아기들은 모르는 사이임에도 우는 사람의 등을 어루만지고, 떨어뜨린 서류 종이를 집어서 올려 주고, 짐 때문에 문을 못 열어 애쓰는 사람에게 문을 열어 주려 했다. 아이의 천진함이란, 나와 대상을 나누지 않고 다른 사람을 위하는 것, 그 프로그램에서 천진불(天眞佛)을 보았다.

한때는 세상에서 살아갈 힘을 만들었던 것이 '나'라는 성(城)이었다. 이젠 그 성을 허물고 세상 속에 어우러진 내가 되어야 하는 것, 그것이 삶의 허허벌판을 벗어나는 길이기에.

# 나이라는 숫자

'나이는 숫자에 불과하다'

몇 년 전, 이 광고 문구를 처음 들었을 때 내 삶의 변명거리를 찾은 기분이었다. 내가 어리석은 사람이라 생각될 때마다 정신과 육신에 쌓인 세월의 무게에 짓눌려 있었다. 광고의 뜻은 나이를 생각지 말고 하고 싶은 일이 있으면 도전해보라는 뜻이었지만, 나에게는 그랬다.

얼마 전, 마흔을 갓 넘긴 남자가 친구들과 했던 대화를 들려주었다.

공자님은 마흔을 미혹하지 않아서 불혹(不惑)이라 했지만, 자신들은 그 나이쯤 되면 제 고집만 세어져 남의 말은 절대 듣지 않기에 불혹이라고 하였다. 범부의 마음을 꼬집은 말의 재치에 웃었다.

여고 시절 서정주 시인의 「국화 옆에서」를 배우며, 내가 마흔쯤 되면 '이제는 젊음의 뒤안길에서 돌아 와 거울 앞에 선 내 누님' 같은 사람이 되고 싶었다. 정작 그 나이가 되었을 때 나는 한심하기 짝이 없었다. 지금 생각해 보면 당시의 내게 미당의 '누님'은 불혹의 표상이었다.

불혹을 국어사전에 찾아보면, 마음이 흐려서 무엇에 홀리는 일이 없고 정신이 헷갈려서 갈팡질팡 헤매지 않음이다. 그런 지혜는 원인과 결과의 주체가 자신이라고 믿는 인과(因果)법을 바로 알아야 한다. 인과법을 안다면 그릇된 데 홀린 다음의 결과를 두려워할 것이며, 또 괴로움이 닥치면 원인이 자신에게 있음을 알아 갈팡질팡하지 않을 것이다.

그런 수준 높은 정신세계는 그만두고라도 희로애락이나마 얼굴에 드러내지 않는 여유라도 가져 보려 했지만 그것조차 어려웠다. 젊은 시절에는 감정을 감추기라도 했지만, 나이가 들수록 스스로도 민망하게 드러내기까지 한다.

나는 쉰이 될 무렵에는 아예 나이를 생각하지 않았다. 공자가 말한 지천명(知天命) 같은 경지가 내겐 너무도 머나멀어 일찌감치 포기한 것이다.

내가 생각하는 천명(天命)이란 자연의 섭리이다. 우리도 자연계의 일원이기에 오직 노력을 할 뿐 결과에 초연한 마음을 지천명이라고 생각한다. 흘러간 시간은 돌이킬 수 없고, 바랐던 바에 대한 포기가 아니라 내 분을 알아 초연함은 그리 쉽지 않다. 나는 쉰쯤 되자 스스로 초라하게 느껴지기 시작했다. 젊은 시절에는 어떤 모자람에도 앞으로 기회가 있다고 믿었다. 요즈음 들어 자신의 나이를 불혹이라거나 지천명이라고 하는 글을 읽으면, 내겐 해당되지 않는 단어를 쓰는 사람이 부러울 뿐이다.

지천명을 풀꽃에서 보았다. 이른 봄 매화가 만발했을 때 현관 돌계단 아래 벼룩나물이 작은 하늘색 꽃을 피웠다. 절에 오는 사람마다 매화가 핀 것을 보고 매화를 향해 다가가면서 아무도 발밑에 핀 벼룩나물 꽃은 보지 못했다. 홀로 피어 있는 벼룩나물이야말로 천명을 다하는 모습이었다. 머리로 아는 것은 현실 상황에 부딪히면 잊어버리지만, 풀꽃은 몸으로 살기 때문이다.


이제 예순을 향해 가는 길목에 있다. 예순을 이순(耳順)이라고 부른다. 어떤 말을 듣더라도 귀에 거슬리지 않는다는 뜻이다. 이순이 되려면 마음을 비워야 한다. 내가 결코 입에 올리지 않는 말이 '마음을 비운다'이다. 그것이 한마디 말로 되는 일인가. 나는 지금도 여전히 보고 듣는 대로 싫고 좋은 감정에 흔들리니 언감생심이다. 또, 이순은 얼마나 먼 길인가.

마음을 비운다는 것은 금강경의 공(空)사상이다. 그러나 '비움' 그 자체가 목적이 아니다. 마음 씀이 허공과 같아 어떤 상

황에서도 싫어하거나 좋아함의 분별과 집착 없이 수용하는 유
연함이야말로 공(空)사상의 진정한 뜻이다. 그것을 바로 알고
실천한다면, 이순이 됨과 동시에 불혹과 지천명은 단번에 이
루어진다.

문득 어린 시절 친척 오빠와 잠시 나누었던 이야기가 기억
난다.

중학교 입학식을 기다리던 겨울이었다. 나보다 한 학년 위인
친척 오빠는 유난히 키가 큰 데다 이미 중학생이란 생각에 어
른스러워 보였다. 오빠는 내게 공부를 하는 이유가 뭔지 아느
냐고 물었다. 나는 당연히 훌륭한 사람이 되기 위해서라고 대
답했다. 오빠는 중요한 것을 가르쳐주는 듯한 표정으로 돈을
벌기 위해서라고 말했다. 초등학교를 마친 내 가치관으로는
이해할 수 없었다.

지금 생각해 보면, 돈을 벌기 위해서 공부한다는 오빠의 말
은 맞는 말이다. 그렇지만 돈을 벌고 나면 반드시 가지고 싶은
것이 자신에 대한 존재가치이며, 그것은 바로 훌륭함의 다른
이름이다. 이 시대에 나이는 숫자에 불과하다는 도전정신으로
새로운 인생을 시작하는 사람의 이야기를 자주 듣는다. 내게
도 역시 나이는 숫자에 불과했다. 다시 어린 시절의 꿈 '훌륭
한 사람'이 되기 위해 이순을 목전에 두고 노력하는 수밖에.

# 삶은 계란

　나는 어색한 자리를 부드럽게 하기 위해 하는 유머를 좋아한다. 또 그 이야기 속에서 미처 모르던 우리의 단면을 알게 될 때도 있다.

　오랜만에 만난 후배 스님이 그 무렵 유행하고 있다는 유머를 들려주었다.

　어느 사람이 인생이 무엇인지 의문을 가졌다. 스승을 찾아다니다가 깊은 산속에서 스님을 만나게 되어 "삶은 무엇입니까?" 하고 여쭈었다. 스님은 기차여행을 하라고 했다.

　그는 여행을 통하여 산 경험을 터득하라는 뜻으로 알고 산을 내려와서 기차를 탔다. 골똘히 '삶은 무엇인가'를 생각하며 창

밖을 보고 있었다. "삶은 계란이요" 하는 말이 들렸다. 그 말을 듣는 순간 '삶' 은 계란이라는 것을 알았다는 이야기다.

나 역시 그 말을 듣자 참으로 '삶' 은 계란이라는 생각과 그 절묘한 비유에 깜짝 놀란 나머지 웃을 겨를이 없었다. 후배 스님은 내 표정을 보고 그 유머를 못 알아들은 것으로 알아, 기차에서 간식으로 파는 계란이라고 말해 주었다.

시간과 노력을 기울여 만들어온 생각이 다른 세상을 볼 수 없는 껍질이 되어 막고 있다는 것을 느끼고 멍해 있었다.


껍질을 깬다는 것은 자신과 타인 사이에 놓여 있는 벽을 헐어 보려는 노력이다. 그것은 자신을 위주로 하던 생각에서 전체를 아우르게 하는 것이다.

대부분의 사람이 아는 것을 상식이라고 하며, 자나 저울 같은 사물의 판단기준으로 삼는다. 그렇지만 그 기준으로 만든 명분이 기득권을 잃지 않으려는 수단이 되기도 한다.

세상을 평화롭게 하기 위한 종교를 빌미로 자연과 사람을 살상하는 전쟁을 일으킨다. 그 속에는 강대국의 이권다툼이 숨겨져 있다. 부를 가진 자가 이익 분배를 계산하므로 아무리 노력을 해도 극심한 빈부의 차이가 좁혀지지 않아 끊임없이 분규가 일어난다. 가족이란 세상에서 가장 평화로운 관계임에도 각자의 다른 관점으로 상처 주기도 한다. 나이가 들수록 모든 사람이 가진 가치기준이 다를 수밖에 없다는 것을 알게 되었다.

불교에는 사교입선(捨教入禪)이라는 말이 있다. 교(教)를 버리고 선(禪)에 들어간다는 뜻이다. 교는 보편적인 상식을 통해 스스로를 키워 가는 노력이다. 선은 각자 받아들이기에 따라 달라질 수 있는 말을 떠나 스스로 깨우치는 것이다. 선에 들어가려면 익혀 온 지식을 뛰어넘어 알을 깨고 나오려는 것과 같다.

삶이 무엇인지 알고 싶어 스승을 찾아다닌 유머 속의 사람처럼 오직 한 가지 생각에 골똘함은 불교의 참선에서 화두(話頭)의 순일(純一)함과 같다.

내 생각은 한편으로 내가 세상을 살기 위해 만든 껍질이었다. 일단 껍질을 깨고 나올 때까지는 그 껍질을 단단하게 만들어야 하고, 소중하게 보호해야 한다.

새는 종류에 따라 부화기간이 다르다. 까치는 16일이며, 닭은 21일이다. 검독수리와 타조는 45일이 걸리기도 한다. 그처럼 우리도 저마다 껍질을 깨고 나오는데 걸리는 시간이 다를 것이다.

후배 스님이 웃으라고 해준 말, '삶은 계란' 이야기가 영 잊히지 않는다. 나는 시간이 오래 걸릴지언정 깨고 나오지 못해 곯아버린 알은 되고 싶지 않다.

# 아이가 일러 준 깨우침

내가 살고 있는 암자를 지을 때였다.

오월 중순부터 시작했던 공사는 예상보다 진척이 느렸다. 임시 거처로 옆의 빈터에 작은 컨테이너를 두고 살았다. 그해는 유난히도 찌는 듯한 날씨였다. 뉴스에서 56년 만의 무더위라고 했고, 컨테이너 속은 화덕 같았다. 혼자 집 짓는 공사의 뒤치다꺼리를 하다가 집이 완공될 무렵에는 지칠 대로 지쳐있었다.

평소 나와 가깝게 지내던 두 보살님이 일손을 도우려고 왔다. 두 사람은 시누이와 올케 사이였는데 손위 시누이는 여섯 살과 네 살이 된 딸을 데리고 왔고, 올케는 갓 결혼한 이십 대 젊은 보살님이었다. 여섯 살이던 아이는 결혼한 지 얼마 되지 않은 외숙모를 몹시 따랐다.

공사를 하던 안팎과 집의 창틀 등 모든 것이 일거리였다. 두 보살님은 보이는 대로 뒷정리를 하고, 나는 두 아이와 놀아주며 모처럼 쉬고 있었다.

갑자기 여섯 살배기가 불만이 담긴 목소리로 내게 물었다.

"왜 스님은 일 안하고 우리 엄마랑 외숙모만 해요?"

어린 아이의 느닷없는 말에 내심 놀랐다.

"나는 여태 이 집을 지었잖아. 그래서 힘들었으니까 쉬는 거야."

여섯 살배기는 무엇인가 생각하는 눈빛으로 잠시 있다가 다시 말했다.

"내가 가만히 보니까 집은 아저씨들이 짓던데요."


암자를 언제 지었느냐는 말을 들을 때면 여섯 살배기가 했던 말이 떠오른다. 그 후로 주위를 둘러보면 내가 했다고 할 수 있는 것은 어느 한 가지도 없었다. 장에서 묘목을 사다 심었던 나무가 자라서 핀 꽃에서 햇빛과 비, 바람과 나비의 공이 보인다. 눈이 부신 창에 드리워진 커튼을 보면 섬유공장의 기계소리 속에 서 있는 사람의 손길이 느껴진다. 아이는 품삯을 주었다 하더라도, 그렇게 이루어진 일이 내가 한 일이라 할 수 없다는 것을 일깨워 주었다.

모든 것에 의욕을 잃고 심드렁할 때가 있다. 세상으로부터 받고 있는 힘을 잊은 염치없는 마음이다. 다시, 아이가 일러준 깨우침을 생각한다.

　삼월 초순의 바람이 아직도 찬 이른 아침, 부지런한 새의 지저귐이 들린다. 세상이 서로 어우러져 돌아가는 소리이다. 나도 저 속으로 들어가야 한다.

# 음악한곡듣는 사이

자동차 시동을 켜자 전날 끄지 않았던 라디오에서 음악이 흘렀다. 무심코 들으며 운전을 하는데, 문득 신경림 시인의 「가난한 사랑노래」와 최명희의 장편소설 『혼불』 속의 '강실'이 떠올랐다.

「가난한 사랑노래」에는 '이웃의 한 젊은이를 위하여' 라는 부제가 붙여져 있다.

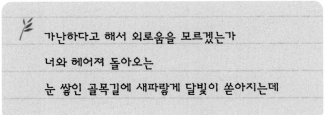

가난하다고 해서 외로움을 모르겠는가
너와 헤어져 돌아오는
눈 쌓인 골목길에 새파랗게 달빛이 쏟아지는데

가난하다고 해서 두려움이 없겠는가

두 점을 치는 소리

방범대원의 호각소리, 메밀묵 사려 소리에

눈을 뜨면 머리 육중한 기계 굴러가는 소리


가난하다고 해서 그리움을 버렸겠는가

어머님 보고 싶소 수없이 뇌어 보지만

집 뒤 감나무에 까치밥으로 하나 남았을

새빨간 감바람 소리도 그려 보지만


가난하다고 해서 사랑을 모르겠는가

내 볼에 와 닿던 네 입술의 뜨거움

사랑한다고 사랑한다고 속삭이던 네 숨결

돌아서는 내 등 뒤에 터지던 네 울음


가난하다고 해서 왜 모르겠는가

가난하기 때문에 이것들을

이 모든 것들을 버려야 한다는 것을


세상을 살다보면 가난이 아니라도 누구나 외로움, 두려움,
삭여야 할 그리움 등 버려야 할 것이 많이 있다. 이 시를 읽을
때면 가난한 이웃 청년의 실연을 통하여 우리 삶의 결핍을 위

로해 주는 연민을 느끼곤 한다.

　남자 성악가의 노래가 계속되고, 기억 속에서는 『혼불』의 '강실'까지 따라 나와 더욱 가슴 아리게 했다.
　소설 속의 사촌올케 '효원'은 '강실'을 분가루 같은 사람이라고 생각한다. 그처럼 여리고 고운 강실은 한 동네에서 오누이처럼 지내던 사촌오빠 '강모'에게 근친상간을 당한다. 그 후 강실의 인생은 효원의 느낌대로 분통을 땅에 떨어뜨리는 순간 바람에 다 날아간 분가루와 같이 허무하게 되었다. 마치 곁에 있는 사람을 말하는 것 같은 작가의 문장력으로 강실의 이야기를 더 읽지 못하고 책을 덮곤 했다.
　슬픈 아리아를 들으며 비로소 강실이 영화 〈닥터 지바고〉의 여주인공 라라와 같은 운명이었음을 알았다. 라라는 거대한 파도같이 밀려오는 공산주의에 저항하지 못하고 받아들여야만 했던 국토와 민중의 상징이었다. 양반 규수 강실은 뿌리박힌 반상의 서열 속에 상민의 분노를 온몸으로 받아낸다.
　우리는 『혼불』의 작가가 소설을 다 끝내지 못하고 세상을 떠나 결말을 알 수 없다. 어쩌면 강실을 통해 양반과 상민의 피가 섞여 마침내 화해해야 할 우리를 그리려 했던 것은 아니었을까.

　음악이 끝나자 방송 진행자는 조금 전에 나왔던 노래가 〈오

세상을 살다보면 누구나 외로움, 두려움,
삭여야 할 그리움 등 버려야 할 것이 많이 있다.

델로의 죽음〉으로, 플라시도 도밍고가 불렀다며 설명을 덧붙였다. 오델로는 이아고의 계략에 빠져 아내 데스데모나의 결백을 의심하고 질투에 눈이 멀어 아내를 죽인다. 뒤늦게 자신을 궁지에 빠뜨린 계략이었음을 알고, 순결한 아내를 죽인 죄책감으로 자결하기 직전에 부르는 노래였다.

음악에 문외한이어서 무슨 곡인지도 몰랐지만 선율과 남자 성악가의 비통한 목소리를 따라 평상시에 생각지도 않던 기억이 흘러갔다.

음악 한 곡을 듣는 사이에 열린 기억의 저장고.

산다는 것은 기억이 쌓여가는 것. 음악이 아니라도 구름 한 점이나 바람 한 줄기에도 안개처럼 피어난다. 나 자신이 겪었던 슬픔과 안타까움이 아니라도 읽었던 책 한 줄이 내가 겪은 일처럼 아프기도 하다. 그것은 무시 겁을 살아오며 내 세포 하나하나에 박혀 남아있는 내 이야기이기도 하기 때문이리라.

어느 생의 가난으로 버려야 했던 사랑, 어느 생의 '강실'이 했던 죄 많은 사랑과 그로 인한 수모, 어느 생에는 '오델로'와 같이 질투에 몸과 마음이 불붙은 적이 없었을까.

〈오델로의 죽음〉을 듣는 사이, 가슴 저미는 남의 눈물로 내 안의 슬픔과 잠시 마주했다.

# 어떤 사람

　어머니의 이야기는 곧잘 '어떤 사람이 말했는데'로 시작했다. 우리 4남매는 철이 든 후부터 어머니가 전하는 '어떤 사람'의 말을 들으려 하지 않았다. 어머니에게 중요한 정보라고 생각되는 이야기를 꺼내려 하시면 우리는 선수를 쳐서 이구동성으로 '또 어떤 사람이 한 이야기죠?'라고 했다. 우리는 학교에서 모든 것을 배웠다. 또, 검증이 된 사람들이 쓴 책, 텔레비전이나 라디오, 신문을 통해 이야기를 믿는데 익숙해져 있었다.

　그럴 때 어머니는 참 안타까운 표정이 되곤 하셨다. 어머니는 '어떤 사람'의 말이라고 당신을 믿지 않으려는 우리에게 늘 '어느 구름에 비가 들어 있을지 모른다'는 한마디로 대답하셨다. '어느 구름에 비가 들어 있을지 모른다'는 말을 자주 인용

하는 어머니는 언제나 '어떤 사람'이 도움을 줄 귀인일지도 모른다는 소박한 믿음도 갖고 있다. 어머니는 독실한 불교신자였는데 우리 형제는 모두 그 말을 절에서 배웠다고 짐작했다.

절에 와서 경전을 배우면서 그때의 짐작이 맞았음을 알았다. 불교에는 겉모습에 속은 일화가 많이 나타난다. 신라시대, 자장율사는 정암사에서 문수보살을 친견하기를 서원하고 기도했는데, 삼태기에 죽은 강아지를 담아 메고 온 거지 노인이 문수보살임을 알아보지 못했던 일화는 유명하다. 지금까지 전해오는 그 이야기는 범부 속에 깃든 성인의 모습을 알아 내지 못하는 우리를 위한 깨우침이다. 그래서 금강경에서도 이런 게송이 있다.

약이색견아 若以色見我
만약 어떤 사람이 형상으로써 나를 보려 하거나
이음성구아 以音聲求我
음성으로써 나를 찾으려 한다면
시인행사도 是人行邪道
이 사람은 삿된 도를 믿는 것이어서
불능견여래 不能見如來
결코 부처를 보지 못하리라.

234

법화경 중에 「관세음보살 보문품」이 있다. 그 「관세음보살 보문품」에는 관세음보살이 중생을 구하기 위해 나오실 때, 우리가 보았던 탱화 속의 모습처럼 머리에 보관을 쓰고 나타나지 않는다. 소년이나 소녀, 한 노인 등 온갖 평범한 바로 '어떤 사람' 의 모습이라고 한다.

또, 법화경에는 모든 사람이 부처가 될 것을 믿는다고 말하는 「상불경보살(常不輕菩薩)」 이야기가 나온다. 상불경(常不輕)은 항상 남을 가벼이 여기지 않는다는 뜻이다. 상불경보살은 만나는 사람마다 '당신은 부처님입니다' 라고 했다 한다. 어머니는 늘 '어떤 사람이 그러던데' 로 시작했다가, '박사가 아니라서 내 말은 안 듣는다' 고 한탄하셨다. 이제야 또 한 사람의 상불경보살임을 알아차렸다.

요즈음 들어 어머니의 '어떤 사람' 으로 시작되던 이야기가 그립다. 어머니의 '어떤 사람' 이야 말로 세상의 모든 사람을 먼저 부정하지 않고 수용하며 공경하는 마음이 아닌가.

# 내가나를 만든다

우리 암자 한편, 진한 회색의 긴 사각형 돌 위에 얼굴처럼 보이는 돌이 올려져 있다.

얼굴처럼 보이는 돌의 두 눈은 긁어낸 듯한 흔적이 역력하다. 코로 보이는 자리에는 일부러 깨낸 자국이 있고, 입이 된 자리에는 구멍이 있다. 무엇인가 결정을 내리지 못하여 망설이다 짓는 표정이다.

마치 등에 걸망을 매고 '어디로 가야 하나'를 생각하는 나를 보는 것 같아 자화상이라고 부른다. 꽃을 구경하던 사람들도 그 돌을 보면 사람 얼굴을 보는 것 같다고 한다.

그 돌을 주운 곳은 월악산을 지나 단양 쪽으로 가는 국도변의 시냇가였다. 그 돌이 눈에 띄었고, 원시시대의 유물일지도 모른다는 생각에 가져왔다.

그 돌을 볼 때마다 어쩌면 아득한 먼 옛날 내가 만든 것은 아니었을까 하는 생각이 들기도 하다. 그때의 인연으로 지금 40분 거리의 작은 이 도시에서 살게 된 것은 아닐까 싶어 이젠 아예 '내가 돌에다 얼굴을 그렸다' 고 말한다.

내가 이렇게 생각하는 것은 불교의 인연법을 믿기 때문이다.

인연법에 의하면 부모나 형제, 고향과 거주지 등 모든 것은 언젠가 맺었던 인연에 의해 이루어진다. 그것을 알기 전에는 마음에 들지 않는 외모나 성격은 내 탓이 아니라 부모님의 유전인자 탓이라고 생각했다. 같은 부모에게서 태어난 형제지만 얼굴과 성향이 꼭 같을 수는 없다. 집을 짓는 사람이 저마다 꼭 같은 자재를 가지고도 구조와 꾸민 것이 다른 것처럼, 사람도 똑같은 유전자로 육신을 조합하지만 자신의 취향과 안목대로 만들기 때문이다.

각자의 취향과 안목은, 불교의 말로 하면 업이며 요즈음 표현으로는 습관이다. 부모를 정하는 것부터 유전자의 조합까지 자신이 택했다고 생각하면 누구에게도 불만을 가질 수 없다. 지금의 모든 것은 결국 자신이 만든 것이다.

사람과의 관계 역시 그렇다. 평탄하게 살기도 하고, 복잡하게 얽혀서 살아야 하는 것도 자신이 맺어 놓은 인연 때문이다.

제바달다는 부처님의 사촌 동생으로, 부처님을 해코지하려

했다. 그러나 부처님은 이 일이 인연이 되어서 제바달다가 성불할 것이라고 수기*를 하셨다. 해코지하거나 비방했던 일조차도 씨앗이 되어 마침내는 좋아질 수도 있다는 것이 인연의 법칙이다. 그러기에 미움보다 더한 것은 무관심이며, 버려진 것보다 더 슬픈 것은 잊힌 것이라 하나보다.

삶을 돌아보면, 우산의 살이 함께 펴지듯 모든 일도 서로 연관되어 있는 것을 알게 된다. 인연이 그와 같음을 알면 자신이 했던 말과 행동, 생각 어느 한 가지도 함부로 할 수 없다.

주워온 돌을 보며 삼라만상의 얽히고설키어 있는 인연을 생각한다. 자화상이라 이름 붙인 돌을 내가 만들었기에 다시 들고 왔다고 하면서, 일상에서 쓰디쓰게 만나는 사람이나 일에 대해서는 그 진실을 잊을 때가 많다.

아무쪼록 금생의 학습을 잊지 않아야 할 텐데. 그러면 다음 생에는 어떤 어려움의 소용돌이 속에 서 있더라도 애당초 내 탓임을 알아 고통에 시달리지는 않으리라.

*수기: 부처님이 미래에 얻게 될 결과를 미리 예언하는 것.

238

# 촛불을 보며

요즈음 촛불은 대부분 특별한 날의 분위기를 만들기 위해 켜지만 내게는 일상적이다. 법당에서 기도를 하거나 참배를 할 때 매번 과일이나 꽃과 같은 공양물을 갖출 수는 없고, 향과 촛불은 반드시 켜기 때문이다. 자연히 절에 오시는 분들은 초나 향을 부처님께 공양 올린다.

법당의 촛불을 보면 경전 속의 한 구절이 생각난다.

'백 년 동안 어두웠던 방이라도 불을 켜면 한 순간에 밝아진다'

깨달음의 경지를 도무지 짐작할 수 없는 우리에게 불빛으로써 비유한 것이다.

누구나 자신의 수행으로 지혜가 드러나면 마음에서 어리석음의 사라짐이 캄캄한 방에 불을 켜는 것과 같아 다른 사람에게도 밝음을 준다는 말씀이다. 나는 이 문장을 처음 보았을 때 절묘한 비유에 감탄하였다. 지금도 어두운 곳에서 전원을 올리면 바로 환해지는 순간, 이 말씀을 생각한다.

돌아가신 분을 위해 재(齋)를 지내는 염불에도 이런 구절이 있다.

'등연반야지명등 조파혼구(燈然般若之明燈 照破昏衢): 영단*에 올린 이 촛불은 지혜의 밝은 등불이오니 영가*님께서 가시는 길에 어둠을 다 없애드리리이다'

불교뿐 아니라 어느 종교에서나 촛불의 상징은 이렇게 밝혀 주는 것이다.

오늘도 기도하는 중 시간이 흐르자 촛불이 가물거리고 흐려졌다. 초가 너무 굵어서 촛농이 고이기 때문이다. 평소에 더러 신도들에게 일반적인 굵기의 양초가 적당하다고 당부하지만 내 생각 같지 않나 보다. 부처님께 가장 좋은 물건으로 공양을 올리고 싶은 정성 때문에 굵은 초를 사 오곤 한다. 그분들은 초가 굵으면 오래오래 타고 불도 더욱 밝을 것으로 생각하는 모양이다.

굵은 초는 정작 불을 붙여 보면 제 몸을 다 사르지 못하고 가운데만 타 들어가, 초의 심지를 두고 샘처럼 만들어지고 촛농이 고인다. 촛농의 샘이 깊어질수록 심지는 짧아지게 되고 불은 가물거리다가 마침내 꺼진다. 그럴 때는 촛농을 따라낸 후 타지 못한 초의 테두리를 칼이나 가위로 잘라내야 한다.

결국 굵은 양초는 촛불로 밝히는 초의 양보다 버리는 부분이 더 많다. 때로는 오늘처럼 기도 도중에라도 깎아내야 하므로 번거롭게 된다. 그나마도 기도가 끝난 후 양초에 온기가 있을 때에나 가능한 일이지 나중에 하려면 굳어져서 할 수도 없다. 게다가 양초에 고여 있던 촛농은 자칫 탁자나 법당 바닥으로 흘러 얼룩이 되고, 닦아내도 미끄러워져 조심스럽다.

너무 굵은 양초가 완전연소를 못하는 것은 사람의 비만과도 다를 바 없어 보여 혼자 웃곤 한다. 지나친 과체중은 오히려 만병의 원인이 되어 얼마나 힘든 자신과의 싸움으로 살을 덜어내야만 하는가. 아름다운 여배우, 오드리 햅번의 얼굴보다 아름다운 말이 떠오른다. "날씬한 몸매를 원하거든 네 음식을 배고픈 사람에게 나누어 주라"

잘 타지 못하는 초를 보면서, 오드리 햅번의 말이 아니라도 환원이라든가 버려야 함에 대해 생각한다.


가까이에서 스스로 덜어내기를 잘 하는 사람을 알고 있다. 어려운 가정형편에 자수성가한 부부이다. 그 부부가 집안의 돈이 드는 대소사를 모두 책임진다는 것을 다른 사람에게 전해 들었다. 그 말을 해 준 사람은 그 부부의 형제 중 한 사람인데,

형편이 여의치 않은 자신들의 몫까지 그 부부가 챙기게 되어 늘 빚진 기분이 든다고 했다. 마침 그 부부와 함께 할 기회가 있어 넌지시 그 말을 전했더니 그 부부는 웃으며 이렇게 대답했다.

"자기가 번 돈이라고 자기가 다 쓸 수는 없어요."

양초의 타지 않는 부분을 깎노라면 양초의 몸무게도 사람의 몸무게와 다름없다는 생각을 하게 된다.

자신의 몸집을 하염없이 키워나가는 기업이나 단체, 사람을 볼 때 나는 굵은 양초를 보는 것 같다. 그 무엇이든 몸집을 불려 나가기만 하면 어딘가 문제가 생긴다. 지구의 역사에서도 공룡은 지나치게 큰 몸집으로 멸종했다고 하지 않는가. 나는 보시라든가 헌금이라는 말을 들으면 그 부부의 말이 먼저 떠오른다.

양초 한 자루에 촛불을 밝히는 일에도 덜어내고 비워야 할 세상의 이치가 있는데 다른 일이야 말해 무엇할까―

*영단 : 돌아가신 분의 제사를 지내기 위해 차린 제사상.
*영가 : 돌아가신 분을 이르는 불교의 용어.

# 대숲 소리

자기만의 느낌으로 생각하는 것이 있다.

시각을 맞춰 놓으면 '찌르르 찌르르' 울리는 전자시계 소리가 귀뚜라미 소리처럼 들려 즐겁다는 사람이 있었다. 나는 젊은 시절부터 녹차를 마시려 끓이는 전기포트에서 대숲을 지나는 바람 소리를 들었다. 전기포트의 물 끓는 소리가 좋아서 차를 마실 때도 많았다.

20대 출가하기 전, 서울 중에도 번잡한 상가에서 살았다. 내가 차를 마시려 하는 시간은 깊은 밤, 졸음을 깨야 하기 때문이었다. 차도의 급정거하는 소리와 질주하는 차 소리가 더욱 급하게 들렸다. 차를 마시려고 알루미늄 포트의 코드를 콘센트

에 꽂으면 주전자 바닥에 전기가 들어오고 잠시 후 쇄- 하는 대숲 소리, 곧이어 피어나는 수증기를 바라보고 있으면 마치 안개가 피는 것 같아 이른 아침 숲 속에 있는 것 같은 기분이 되었다.

누구나 세상에서 자신의 자리를 만들기 위해 나름대로는 열심히 사느라 바쁘다. 그러나 현실은 미래에 대한 불안, 돌이킬 수 없는 것에 대한 후회, 가지지 못한 것에 대한 슬픔. 계획했던 것은 노력해도 이루어진다는 보장이 없어 늘 초조하다. 그럼에도 결코 포기해서는 안 되는 거미줄 같은 관계의 의무까지 있으니-

나는 찻물이 끓는 소리를 따라가며 모든 것을 잊곤 했다.
누구나 자신이 이루어야 할 것이란 일생 노력하는 것 자체임을 배우는 출가의 단계. 그 단계에 갈 때까지 내 젊음은 생각으로 만든 풍경으로 이겨냈다.

# 소꿉놀이

　도반스님이 주지로 있는 절에 갔다가 아빠를 따라 온 여섯 살배기 지희를 만났다. 주지스님과 지희 아빠의 대화가 길어졌다. 나는 아이가 심심할까봐 그림을 그리며 놀아 주었다.

　지희는 그림을 몇 장 그리더니 나와 친해졌는지 미장원 놀이를 하자고 했다. 자신이 미장원 아줌마라면서 머리를 감겨 주겠다더니 내 등 뒤에서 어찌 할 바를 모르고 서 있었다. 삭발한 머리에는 감겨 줄 머리카락이 없기 때문임을 짐작한 내가 한 수 가르쳐 줬다. "머리카락이 있다 치고 하면 돼. 소꿉놀이는 뭐든지 다 있다 치는 거야." 그때부터 연필을 빗이라 치고 빗겨주고, 내 손수건을 타월이라 치고 머리를 닦아 주었다. 나는 그림을 그렸던 A4용지를 거울이라면서 얼굴을 비춰 보고 마음에 든다고 했다.

지희는 미장원 놀이가 재미있었던지 대신 할 물건을 찾아다니는데 그 발걸음이 나비 같았다. 고사리같이 작은 손으로 내 머리를 만지는데 시원하여서 오래 해 달라고 부탁까지 하였다. 나는 빈손으로 돈을 내고, 지희는 받는 시늉을 했다.

돌아오는 길, 동행했던 스님이 아까의 놀이가 떠올랐는지 내게 아이를 잘 데리고 논다고 했다. 우리의 어린 시절을 생각하며, 무엇이든지 있다고 치면 해결되지 않는 것이 없던 소꿉놀이는 행복했다고 웃으며 덧붙였다.

생각해 보면 정말 그랬다.

내가 어렸던 시절, 눕히면 눈을 감고 앉히면 눈을 뜨던 인형은 미제(美製)밖에 없었다. 동무 중에 누군가 가지고 있는 것을 보면 부러웠지만 사 달라는 말은 할 엄두도 못 내었다. 집에 돌아와서 베개를 등에 업고, 작은 빈 병 하나를 가지고도 무엇이든 상상하며 놀 수 있었다.

젊은 시절에는 모든 것은 노력하면 얻을 수 있는 줄로 안다. 그 시절이 조금 지나면 원하고 노력했지만 가질 수 없는 것과, 때로는 원해서도 아니 되는 것도 있음을 안다. 그러나 어린 시절 소꿉놀이처럼 필요한 것이 없으면 있는 것으로 치고 만족하던 마음은 잃는다. 원하는 것을 가질 수 없는 상황이 순하게 받아들여지지도 않는다.

불교의 경전에는 '삼계(三界)의 손님'이라는 말이 있다. 깨달지 못한 중생은 윤회를 하느라 이 세상에 왔다가 다시 가는 것이 손님과 같기에 집착하지 말라고 가르친다. 윤회까지 갈 것 없이 자신이 중병에 시달리거나, 가깝던 사람의 느닷없는 죽음을 볼 때도 이 세상의 길손임을 뼈저리게 절감한다. 그러나 그 순간이 지나면 다시 잊고 영원히 살 것처럼 애착하게 된다.

삼계의 손님으로 사는 것은 언제 그만 두어도 아쉬울 것 없고, 생각만으로 바라는 것을 이룰 수 있는 소꿉놀이같이 집착하지 않고 즐겁게 사는 것이다.

노후의 삶을 새롭게 시작할 수 있다는 말과 성공담을 흔하게 듣는다. 가을이 오면 잎을 떨구고 뿌리에 힘을 모으는 초목처럼 되어가는 지금, 새로운 도전만 중요한 것이 아닐 때도 있다.

이제 물질 또는 정신적인 것을 외부에서 얻으려 하기보다, 있는 것을 가지고 새삼 즐거웠던 소꿉놀이처럼 살아 보려 한다. 머리카락도 없는 나와 미장원 놀이를 하며, 걸음에 기쁨이 묻어 손수건을 찾고 연필을 가지러 다니던 지희의 모습. 우연히 하게 된 소꿉놀이, 그 순간만은 세상의 손님이 되어 즐겁게 살았다.

# 선물

나는 색다른 돌을 가지고 있다.

오래전, 외국 여행이 지금만큼 쉽지 않던 때였다. 각별한 사이였던 어른이 인도 배낭여행 다녀 온 선물이라며 한 손에 쥘 수 있는 작은 돌을 건넨다. 붉은 진흙이 묻은 돌이었다. 여행의 기념품이려니 하며 손바닥 위의 돌을 바라보는데, 돌 한쪽을 일부러 깨어서 만든 뚜껑을 열고 속을 보여 주었다. 나는 깜짝 놀랐다. 돌 가운데는 비어있으면서 안쪽 벽은 모두 수정이었다.

여행 도중 그런 돌이 많이 있는 곳을 지나게 되었는데, 돌을 본 순간 그분이 믿는 진리를 설명할 수 있을 것 같았다고 했다. 얼핏 보면 알 수 없는 감쪽같은 뚜껑이라야 그 의미를 나타낼 수 있어, 한나절 동안 인도의 뜨거운 햇빛 아래 돌 여러 개를 깼다는 것이다. 마침 잘 된 것을 내게 주셨다.

그분은 이런 말을 덧붙였다.

"얼핏 보면 진흙이 묻은 한갓 평범한 돌일 뿐이야. 그래도 속에는 수정이 있듯, 우리의 어리석음을 깨면 부처의 성품도 이렇게 들어 있어. 어리석음이나 깨달음이 둘이 아니라는 진리가 이 돌과 같아."

우리가 삶에서 받는 고통은 진흙에 수정이 감춰진 돌과 같이 내면의 불성, 즉 자신이 모든 것의 주인임을 잊는 어리석음 때문이다.

『금강반야바라밀다심경(金剛般若波羅密多心經)』을 배우면서 그 말씀과 같음을 알았다. 경전은 긴 이름을 줄여서 쉽게 금강경이라고 한다. 책 제목 중 금강은 곧 다이아몬드를 지칭함이다.

독일의 광물학자 모스는 돌의 경도를 손톱으로 긁히는 1에서부터 지구에서 가장 강한 10까지로 분류한다. 다이아몬드 즉, 금강석은 경도 10이다. 돌 중에 가장 경도(硬度)가 높은 금강석에 마음을 비유한 것이었다. 다이아몬드는 흔히 우리가 알고 있는 장식용보다 산업용으로 중요하게 쓰인다. 치과용 드릴, 바위를 절단하는 톱, 유리 절단기 등은 모두 다이아몬드를 이용한 것이다. 우리 모두 가지고 있는 마음도 다이아몬드로 만든 칼날과 같아 중생의 번뇌를 끊을 수 있다는 뜻이다.

금강경에는 다이아몬드 칼날이 될 수 있는 가르침을 시적으로 요약한 게송이 있다.

일체유위법 一切有爲法

일체 세간의 모든 것은

여몽환포영 如夢幻泡影

마치 꿈, 허깨비, 물거품이나 그림자와 같다.

여로역여전 如露亦如電

또한 이슬이나 번개와도 같나니

응작여시관 應作如是觀

마음의 눈으로 반드시 그와 같음을 볼지어다.


육신의 눈으로 볼 수 있는 현상만을 따라가 흔들리지 말고, 마음의 눈으로 근원을 보라는 뜻이다.

꿈, 허깨비는 보는 주체의 생각에 따라 나타난다. 물거품도 상황에 따라 변하는 물의 다른 모습일 뿐이다. 전기는 대기 중의 양전기와 음전기가 만나서 생겼다 흩어지는 자연의 상황에 따라 일어나는 현상일 따름이다.

우리에게 일어나는 모든 일도 그처럼 영원한 것이 아니며, 오직 영원한 것은 그 일의 주체가 되는 마음이라는 뜻이다. 그럼에도 모든 것을 일으킨 것이 자신의 마음이라는 것을 잊고, 일어난 현상만이 전부인 것으로 알고 기뻐하거나 괴로워한다. 금강경은 그런 우리에게 자신과 세상이 끊임없이 변하는 공(空) 임을 바로 보라는 가르침이다.

어리석음으로 마음살림을 하느라 번번이 마음과 몸이 함께 않는다. 그러면서도 희망적이고 긍정적으로 살 수 있는 것은, 금강석과 같은 변치 않는 마음의 힘을 믿기 때문이다. 생로병사를 이길 수 없는 우리 몸은 날마다 늙어가지만, 마음만은 다이아몬드와 같다.

유명한 부자나 연예인의 다이아몬드 결혼예물이 인터넷에 뜬다.

"다이아몬드의 상처는 다이아몬드만이 낼 수 있듯, 사랑의 상처는 사랑만이 낼 수 있다."

가장 강한 돌, 다이아몬드에 대한 세상의 표현이다. 보석을 사랑의 징표로 삼으면서도 정작 마음은 늘 잊고 있으니, 사랑은 깨어지고 우리는 중생을 벗어나지 못한다.

내 중생심을 딱하게 여겨 일러주신 부처님의 말씀 금강경이 책꽂이에 있고, 어느 분은 뚜껑을 감쪽같이 만든 수정을 갖다 주셨다. 내 금생의 소중한 선물이다.

# 얼음 꽃

겨울 아침, 유리창에 성에가 끼는 날이 있다. 찻잔을 들고 바깥이 보이지 않는 창을 손톱으로 긁을 때, 젊은 시절에 보았던 영화 〈닥터 지바고〉의 한 장면이 생각난다.

영화의 원작은 러시아 작가 보리스 파스테르나크의 소설이다. 러시아가 무대이며 의사 지바고와 연인 라라가 주인공이다. 국토와 민중의 삶이 공산주의 혁명과 전체주의의 횡포에 무참하게 짓밟히는 비극 속에도 피어나는 두 사람의 슬픈 사랑을 그린 영화이다.

성에 낀 유리창을 보고 떠오르는 장면은 라라와 마지막으로 헤어지던 아침 장면이다.

영화의 후반, 지바고는 볼셰비키에게 붙잡힌다. 대열에서 빠져나와 죽음 같은 설원을 지나 집으로 돌아왔으나 가족들은 이미 프랑스로 망명한 후였다. 자신을 기다리던 연인 라라를 만나 밤이면 바람소리에 묻어오는 산짐승이 우는 소리를 들으며 외딴 집에서 살았다. 그러던 중 라라의 남편이 찾아와 라라의 신변이 위험하다는 말을 전한다. 라라는 지바고의 아기를 임신하였기에 피신하기로 한다. 성에를 보면 지바고의 눈빛이 기억나는 것이다. 연인을 태우고 가는 마차를 잠시라도 더 보기 위해 이층으로 뛰어 올라가 성에로 뒤덮인 유리창을 깨는 장면이다.

작가의 운명도 주인공과 비슷하여 자전소설이라고도 한다. '올가' 라는 여인을 사랑했으며, 노벨상을 포기하면서도 소련을 떠나지 않았다. 소설의 주인공이 심장병으로 죽듯, 자신도 암과 심장병으로 고생하다 죽었다.


나는 자동차 앞 유리에 낀 성에도 좋아한다. 내가 사는 곳은 호수가 있어 봄가을 오전에는 특히 안개가 많다. 삼월 초순에도 바깥에 세워 둔 차 유리에 성에가 덮여 있는 날이 많다. 이른 아침 외출을 할 때, 긁어내야 하는 성에 때문에 마음이 바쁘기도 하다. 그러나 차를 달리다 보면 앞 유리 귀퉁이에 남아있던 성에가 물이 되어 흐르면서 선명하게 드러나는 육각의 결정에서, 긁어내는 번거로움과는 비할 바가 아닌 아름다움을 본다. 곧 녹아 사라질 무상(無常)의 꽃이다.

물이 안개가 되었다가 얼어서 성에가 되고 다시 녹았다가 눈이 되기도 하는 윤회. 영원히 같은 모습은 없고 그래서 오히려 이 세상은 살만한 곳이라는 얼음꽃의 설법을 듣는다.

뜰에 꽃이 진 겨울 아침, 나무에 물이 오르지만 빈 가지만 보이는 이른 봄. 차 앞 유리에 남은 성에가 녹으며 피우는 얼음꽃은 봄날 벚꽃길을 달리다가 날아오는 낙화같이 곱다.

방금 결혼식을 마치고 꽃다발과 풍선을 매 단 차를 타고 첫 길을 나선 신혼부부처럼, 물방울이 만들어준 얼음꽃으로 장식한 차를 타고 나도 하루 속으로 나간다.

# 만 오천 불

국립박물관에서 700년 만의 해후라는 부제로 열린 '고려불
화대전'을 관람했다. 고려불화는 세계적으로도 아름다운 종교
예술품으로 꼽힌다. 금가루를 이용하여 표현한 연꽃이나 당초
문양 등은 섬세하여 그림을 그린 바탕천의 올 간격과 비교해도
될 정도이다. 그 당시 화사(畵師)들의 실력과 우리나라 그림의
수준을 짐작할 수 있었다.

전시장에서 두 번째 작품 '만 오천 불' 앞에 섰다.
비로자나불을 그린 그림이었다. 제목이 만 오천 불이란 것은
앉아 있는 비로자나불을 에워싼 후광과 옷의 주름 하나하나에
까지 부처 불(佛)이 쓰여 있기 때문이었다.

아! 이것이 바로 비로자나불의 세계.

비로자나는 산스크리트어 '바이로카나(Vairocana)'에서 유래한 말이다. 바이로카나는 태양을 뜻하며, 부처의 지혜가 태양처럼 온 세계를 비추고 있음을 상징한다. 그래서 비로자나불을 부처님의 법신(法身)이라 한다. 절에 대적광전 또는 대광명전이라고 현판이 걸려있는 전각은 비로자나불을 모신 곳이다.

이번 전시회에서 본 만 오천 불은 온 우주에 비추는 부처님의 진리를 화면 전체에, 음영에까지 불(佛)이라 써서 표현하였다. 불(佛)은 깨달은 존재라는 뜻의 보통명사이다. 태양과 같은 부처님의 진리. 비로자나불의 의미를 잘 생각해 보면 모든 진리는 우주 전체이며 즉, 바로 우리 곁에 있다는 뜻이기도 하다. 불화를 그린 화사가 그것을 표현하려 한 것임을 알 수 있었다.

얼마 전, 시외버스의 라디오에서 노래 한 곡을 들었다.

> 얼굴 좀 펴고 살아봐. 조금만 생각을 바꿔. 널린 게 행복이잖아.
> 성질만 조금 죽이면 아이고 누구십니까. 선생님! 세상이 마중을 나와.

절에 찾아 온 어린 아가씨에게 이 노래 가사가 재미있어 말

해 주었다. 노래 제목도 가수도 모른다고 했더니 스마트한 요
즘 아가씨는 스마트하게 스마트폰으로 검색해 주었다. 남진의
〈너 말이야〉라는 노래였다.

  마음의 귀를 열고 들으면 세상 어디서나 살아가는 법을 말해
주고 있었다. 만 오천 볼이 우리를 감싸고 있으니까.

# 작은 봉우리

예전에 들었던 말이 생각해 온 것도 아닌데 문득 떠오를 때가 있다. 좌우명이라고 할 것은 아니어도, 중요한 결정에 영향을 미치기도 한다.

미국 유학을 가서 생물학 박사가 되어 이젠 그곳 대학교수로 있는 이종사촌 여동생이 있다. 그 동생은 학부시절부터 미팅 한 번 해 본 적 없이 실험실의 쥐를 돌보며 공부만 하던 학생이었다. 우리나라에서 석사과정을 할 때, 나도 쉬고 있던 공부를 다시 하고 있었다. 진로나 스스로에 대한 걱정이 많은 나와는 달리 오직 공부에만 몰두하고 있는 동생의 생각이 궁금했다.

"언니. 우리 교수님이 안나푸르나와 몽블랑 같이 높은 봉우리는 평지에 있을 수 없대. 히말라야라나 알프스라는 큰 산맥이 있을 때, 우뚝 솟은 한 봉우리가 생길 수 있다고 하셨어. 모든 사람이 그런 봉우리가 될 수는 없기 때문에 학문을 하는 사람은 자신이 산맥을 이루기 위한 한 작은 산이 되는 것도 좋은 것이라고 하셨어. 나도 생물학의 산맥에 작은 산이 되고 싶어."

학문에 대한 자세를 제자에게 가르치는 훌륭한 스승의 말씀이었다.

나는 늘 나 자신이 궁금했고, 내 마음을 내 마음대로 못하는 것이 괴로움이었다. 출가하고 싶었지만 결단성과 인내심 중어느 것에도 자신이 없어 망설이는 시간만 길어졌다. 출가를 생각하면 일반인은 일생 독신으로 사는 것을 두려워하지만, 출가하려는 사람들에겐 정작 평생 동안 해야 할 일상이 걱정이다. 새벽 세 시의 기상, 문명에 젖어 살아온 몸에 생소한 노동에 가까운 일, 절에 가면 스님들이 기도할 때 들었던 염불을 외울 일, 책에서 읽었던 인내심을 시험하는 여러 일화들.

강원에서 같이 공부했던 한 도반이 해 준 이야기이다. 새벽 예불을 하려 일어날 때마다 아침 공양을 마치면 속가로 돌아갈 결심을 했다 한다. 그러나 아침 공양 후 해야 할 일을 하다 보면 잊고, 다음 날 새벽이면 다시 그 결심을 했지만 일 년이 지나자 습관이 되었다는 것이었다. 갓 출가한 행자는 대부분 그런 생각을 해 보았기에 듣고 있던 우리는 모두 웃었다. 누구에

게나 잠을 이기는 것은 그렇게도 힘들다.


　이종 사촌 동생을 통해 듣게 된 한 생물학자의 말은 내 진로에 용기를 주었다. 수행자라는 한 산맥에 나도 작은 둔덕은 될 수 있을 것 같았다.
　큰 산맥에 한 둔덕이라도 되려고 무리에 끼었지만, 경전을 배우면서 수행자에겐 깨달음이 가장 중요하다는 것을 알게 되었다. 깨달음이 해와 같은 지혜라면, 깨닫지 못한 상태의 지혜는 반딧불에 비유한다. 조사스님들의 가르침에 감동은 하였지만, 결심을 못 따르는 의지력과 많은 일에 몸은 고단했다. 그런 중에도 깨달음의 중요함만은 알아 결심에 못 미치는 자신에게 실망하던 세월이 흘렀다.


　요즈음 해 질 녘, 혼자 운전을 하거나 나무의 가지치기를 하다가 문득 얼굴도 모르는 사촌 동생의 스승인 생물학자의 말이 떠오른다. 굳이 최고봉이 아니어도 산맥을 만들라던 것은, 일생 노력하는 사람에게 하는 위로이며 모든 존재의 소중함이었다. 이젠 삶이란 최고봉이나 뒷동산처럼 비교할 수 없는 것도 알았다.
　부처님의 가르침은 영원한 윤회와 변치 않는 불성이 있어 마침내 모든 존재는 스스로 부처를 이룬다는 것이다. 여태 내 삶은 모든 것에 부족하기만 하다고 생각했지만 이제는 산맥을 이루는 흙이었음을 믿는다. 중 노릇은 성숙하기 위해 스스로 택한 방법이었으며, 수행은 일생을 넘어 세세생생 하는 노력이라는 믿음을 가졌다. 모든 수행자들의 발원은 세세생생 불퇴전(世世生生 不退轉)이다. 나 역시 그 끝없는 길을 가려 한다. ✎